妄想シェイクスピア酒場

Shakespeare's Alehouses: A Daydream

入江和生
Kazuo Irie

小鳥遊書房

妄想シェイクスピア酒場／目次

引用について

・本書でのシェイクスピア劇からの引用はすべてアーデン版シェイクスピア全集による。
・引用の末尾に、たとえば（*Ham.* II. ii. 191）とある場合、
それは（『ハムレット』第二幕第二場一九一行目）であることを意味する。
・引用が複数行にわたる場合はその最初の行番号のみを示した。
・引用の日本語訳はすべて筆者の試訳による。
・シェイクスピア劇の略号表は巻末に載せた。

1　妄想の始まり

老人ホームで暮らす高齢の女性に、若い人が、「毎日、何もすることがなくて退屈じゃありませんか？」と聞いたところ、「思い出すことがたくさんあるので退屈している暇はありません」という答えが返ってきたという。この話を何かで読んだときに、なんと素敵な答えだろうと感心した。この女性がどういう人生を歩んできたかは問題ではない。それは彼女だけのものであって、他人が踏み入る領域ではない。他人としては、彼女の答えに、ただ深く頷くだけである。

同じことがシェイクスピアの数々の、というか、無数の、心に残るセリフについても言える。登場人物の言ったことが聞き手の心に訴えるとき、その人物の置かれた境遇がどうこういうよりも、言葉そのものが重い意味を投げかけているのである。それをどう受け止めるかはこちらの問題であるにすぎない。

シェイクスピアを読んでいると、どうしてこの場面でこんなセリフが出てくるのかと不思議に思うことがある。退屈ということに関連して一例をあげれば、

「人生は眠りかけている人の耳を煩わす二度目に聞く物語のように退屈なものだ」(*John* III. iii. 108)

というセリフ。これを言う人物はまだ若く、およそ人生について思いを深めるというタイプではない。また、これが言われる状況は、退屈どころか、二人の権力者の偽善的な利己主義が真正面から衝突する修羅場である。彼はその修羅場をむしろ助長する役割を担っている。それでも彼はこのセリフを言い、そしてこのセリフは聞く人、あるいは読む人の心に沁みるのである。

それは言葉の力というものだろう。

シェイクスピアの言葉は常にそれが言われる状況から浮き上がろうとしているかのように感じられる。状況よりも言葉の方が大切なのだ。

歩きながら本を読んでいるハムレットにポローニアスが問う。

「殿下、何を読んでおられるのですか?」

「言葉、言葉、言葉だ」(*Ham.* II. ii. 191)

もし執筆中のシェイクスピアに何を書いているのか問えば、おそらくハムレットと同じ答えが返ってきただろう。

前述の老人ホームの女性の言葉が私に強く訴えかけるのはなぜか、と思うに、そろそろ(あるいは、とっくに?)自分の人生もこの女性と同じ段階に入ってきているということか。

何もしていなくても頭のなかは忙しい、というのは不幸な状況ではない。私も、けっこう頭のなかは忙しい。過ぎ去った日々の出来事や親しかった人々に思いを巡らすということもあるが、他愛ない空想に遊ぶということもあって、私のような生まれつき妄想癖のある者にはそれなりに充実した時間となる。

そういうときに、いつのまにか妄想がシェイクスピアの世界に入り込むこともある。シェイクスピアについては、楽しむよりも苦しむことの方がはるかに多くて、それが私にとって自由な世界だったとはとても言えないのだが、最近になって、すべての束縛から解放されて、少しだけ自由を味わえるようになった。

無責任な妄想に遊ぶとき、そこにビールがあれば言うことはない。なければ、妄想の世界でビールを手にするだけだ。

私がビールを好むのは、私がアルコールにあまり強くないことと関係がある。ウィスキーや日本酒をごくごく飲むことに憧れがあるが、それは私の体質が許さない。それでは妄想のなかでそれをすればよいのだが、悲しいことに、たとえ妄想のなかであっても「自分」を離れることができないのだ。自分を完全に離れてしまっては、それは妄想ですらない。

アルコールに強くない体質だから飲み過ぎないように注意してきたつもりだが、それでもつい飲み過ぎて泥酔したことも一度や二度ではない。泥酔して家に帰って、二階の階段から滑り落ちて、階段下の壁を蹴破ったこともある。安普請が幸いして壁の方で破れてくれたので、足は無事だったが。

「酔っ払いってどういうものなの？」

「おぼれ死んだ奴で、馬鹿で、気違いってとこですかね。限度を超えて一杯やれば馬鹿になるし、二杯飲めば気違いになって、三杯でおぼれ死ぬんですね」（*Tw.* I. v. 131）

幸運にも私は死なずにすんだわけである。

だから（と言うほどの必然性はないのだが）私の妄想はシェイクスピアとビールのあいだをさ迷うことになる。

私の大して豊富でないロンドン体験のなかでも、パブでビールを飲むのは至福のひと時だった。比較的大きなパブで、五、六人の若者が一つのテーブルを囲んで、談笑し、あるいは議論しながらビールを飲んでいるのを見るのはよいものだった。ふいに一人が立ち上がって、空になったグラスを持ってカウンターに行き、新しい一杯と交換して、その場でその料金を支払ってテーブルに戻ってくる。しばらくすると別の一人が立ち上がって同じことをする。それをえんえんと繰り返す。一人でテーブルについて、グラスを片手にしてそれを見ている私も、よほど暇だったということである。

あるとき、カウンターの前で立ってビールを飲んでいると、隣でビールを飲んでいるかっぷくのよい中年男性が、「おっと、この腹が邪魔でカウンターに近づけない」とつぶやいて、ちらっと私の方を見た。その目が笑っていた。私も目だけで笑ってそれに応えたが、とっさに気の利いた冗談を返すだけのセンスも英語力も持ち合わせていないことが無念だった。かっぷくのよい男性がビールを飲んでいるのを見れば当然思い浮かぶのはフォールスタッフだが、「あなたはフォールスタッフみたいですね」と言うわけにはいかない。なにせ、フォールスタッフは大ぼら吹きの好色漢なのだから。フォールスタッフはシェイクスピアの『ヘンリー四世』の第一部と第二部、そして『ウィンザーの陽気な女房たち』の三つの作品に登場するやくざ者的な、あるいは遊び人風の騎士であって、何よりもその肥満体を特徴とする。ジュリアス・シーザーは「私の傍には太った男にいてほしい。髪の毛をきれいになでつけていて、夜もよく眠る、そんな男がいい」（*Caes.* I. ii. 189）と言うのだが、果たして彼がフォールスタッフに傍にいてほしいと願ったかどうか。私の頭には、ハル王子がフォールスタッフに言う「おまえがいちばん最近自分の膝を見てからどれぐらいになるか？」（*1H4* II. iv. 323）という言葉が浮かんだが、もちろん、それを言いはしなかった。

また、別の日、別のパブのカウンターで、そこに並んでいる三種類のビールの注ぎ口の前でどれにするか決めかねていて、カウンターの向こうの従業員の青年に「どれにしますか?」と催促されたことがあった。それでも迷っていると、私の隣にいた紳士が、「この人はどれも飲んだことがないんだ。飲んだことがない人に、どれかを選べと言うのは理不尽だ。味見をさせるべきだ」と言った。すると青年はすぐにコップを三つ並べて少しずつ三種類のビールを注いで、「さあ、どうぞ」と言った。私は恐縮しながらそれらを飲んでから、「これ」と注文した。

そのときのビールはとりわけ美味であった。私はビールとともに「英国人気質」といったものを味わっていたように思う。

——などと言っているあいだに、私の頭にはもう霞がかかってきて、妄想が私を引っ張り始めている。

気がつくと、私は、ロンドンの、それもエリザベス朝のロンドンの酒場に行こうとしている。もしかしたらフォールスタフに会えるかもしれない、いや、もしかしたらシェイクスピアその人に会えるかもしれない、と期待に胸躍らせながら。

2　ロンドン橋

今、私が立っているのはテムズ川にかかるロンドン橋の上である。その中ほどで、行き交う人にあまり目立たないように気を遣いながら、あちこちを眺めている。テムズ川の滔々とした流れが目に心地よい。せせらぎの音が、と言いたいところだが、周囲の騒音に紛れてよく聞こえない。

ロンドン橋といっても、私がかつて渡ったことのあるロンドン橋とはあまりに違っていて戸惑っている。これではまるで橋脚の上に四角い石造りの建物が幾つか川を横切るかたちで一直線に並んでいるにすぎない。その建物の下が空いていて、それが向こう岸に渡る人の通路になっているだけだ。

建物と建物のあいだが少し空いていて、そこに欄干がある。

欄干によりかかりながら、身を乗り出したり背伸びしたりしながら見渡すと、右手に聖ポール寺院の四角い塔が見え、左手にグローブ座の屋根に立つ旗がかすかに見える。

ああ、憧れていたこの場所にいるのだという強い思いがこみあげてくる。

川面に大小の船が浮かんでいるが、よくあれで衝突しないものだと思うほどに数が多い。私の後ろを行き交う人の多さも半端ではない。ロンドンがすでにヨーロッパ有数の大都市になっていることがよく分かる。

さて、どこに行こう。

本当はグローブ座に行ってみたい。旗が立っているから何かの劇を上演しているのだろう。しかし今日は酒場探訪のためにここにいるのだ。飲兵衛の妄想にもそれなりの目的意識はあるのである。

エリザベス朝の酒場に行くといっても、実は簡単なことではない。酒場を選ばなければならない。エリザベス朝のイギリスの酒場にはタヴァーンとエールハウスの二種類があった。どちらも宿屋を兼ねていたが、タヴァーンの方が宿屋の要素が強く、また、万事にエールハウスよりも高級だった。そして、もちろん、宿屋《イン》もあった。宿屋も酒場を兼ねていたから、単に酒場と言ったとき、どれを指すのかややこしいことになる。私が行こうとしているのが、これら三種類の酒場のうちのどれか、私にもよく分からないのである。

エリザベス朝より以前の中世社会においては、教会、すなわちカトリック教会が市民生活の中心だった。そこは宗教行事の場であると同時に、市民の娯楽や交流の場であり、中世演劇発祥の場でもあった。教会役員の宴会の場であり、また貧しい人々に慈善のための飲食を提供する場でもあった。修道院では酒の製造も行われていた。しかし、近世に入って英国国教会が樹立されて、教会はそのような機能をすべて失った。教会の持っていた幅広い「俗性」に反発するかたちで宗教改革が断行されたとも言えるのである。

中世の教会の代わりに市民生活の中心となったのが前述の三種類の酒場空間である。そこはプロテスタンティズムからの逃避の場であり、厳しい社会規範や主従関係や家庭環境から逃れる場でもあった。そこでは音楽が奏され、演劇や曲芸などが披露された。洗礼式のあとの宴会や結婚披露宴なども行われた。賭博場でもあり、悪人どもが謀議を凝らす場でもあった。そして娼婦や掏摸やペテン師などの重要な稼ぎ場所でもあった。

また、今日の新聞や週刊誌に該当する刷り物が置かれていて、当時の危険に満ちた社会・政治・宗教事情についての情報を得る場でもあった。たとえばシェイクスピアが作品を書き始めたころに勢力を拡大しつつあった清教徒で、マーティン・マープレレイトなるペンネームでイギリス政府を非難攻撃する内容のパンフレットを書いて巷に流布させた人物がいた。彼はやがて捕えられて処刑されたのだが、パンフレットのような印刷物が広く読まれるためにこれら三種類の酒場が重要な働きをしたのだった。

それでは私はどの酒場に入ろうとしているのか、ということになるのだが、そう土地勘に詳しくない身としては、とりあえずロンドン市内のどこかに入るほかない。

橋の上からあちこち見渡すと、左手に、つまり南岸に、やまあらし館の看板が目に入った。川沿いにひっそりと佇んでいる。

でも、あそこはまずい。あそこは当時のロンドン市民にお馴染みの、ただ泊ったり酒を飲んだりする以上の「宿屋」だったのだから。妻に冷たい仕打ちを受けたと勘違いした男が、妻のために注文しておいた装身具の鎖をやまあらし館に持ってくるように金細工師に頼む。「女房への腹いせと言っちゃなんだが、あそこの女にやってしまおうと思うんだ」(*Err.* III. i. 117)。あそこの女、というのが、やまあらし館を根城とする娼婦であることがやがて明らかになる。

しかし、ただ泊ったり飲んだりする以上の「機能」を持った宿屋を避けていると、どの宿屋でも飲めないということになる。タヴァーンもエールハウスも宿泊所を兼ねていたし、娼婦はあらゆる場所に出入りしていたから、そこは程度の問題であるにすぎない。宿屋やタヴァーンやエールハウスの女将が娼婦を兼ねていることも決して珍しくなかった。

王国の半分を与えられたゴネリルは、父リア王の臣下たちが彼女の屋敷内で乱暴狼藉を働いていると父に食ってかかって言う、「彼らは乱暴で下品で図太いので、この宮廷も彼らの振る舞いに毒されて、まるで乱痴気騒ぎの宿屋みたいになっています。快楽とか情欲とかが、ここを上品な宮殿というよりは、まるでタヴァーンとか売春宿みたいにしていますｊ（*Lr.* I. iv. 250）。これがただの言いがかりだったかどうかはさておくとして、ここには、「あるのは情欲だけ、いるのはみだらな悪党だけだ！」（*Troil.* V. i. 97）というエリザベス朝のロンドンにおいて、宿屋やタヴァーンがどういう位置を占めていたかがよく示されている。

テムズ川を西に辿ればウィンザーに出る。そこはウィンザー城がある場所であり、また、『ウィンザーの陽気な女房たち』でフォールスタフが常宿にしていたガーター館があるはずである。ぜひそこで飲んでみたいのだが、どうしても少し遠すぎる。

ロンドン橋をロンドン市とは反対側、つまり南の方にまっすぐ下って行くと、タバード・インという名の宿屋のある場所に出るはずだ。これはチョーサーの『カンタベリー物語』の冒頭でカンタベリー寺院に詣でる二四人の巡礼者がたまたまある晩に宿泊した宿屋で、彼らは共にカンタベリー寺院を目指すこととし、道中、退屈を紛らすためにそれぞれが行き帰りに一つずつ物語を話して聞かせることにする。したがって、この道はシェイクスピアとチョーサーを繋ぐ大動脈でもあるのだ。その旅館はエリザベス朝にはまだ残っていたはずなので、ぜひ見てみたいが、今はとてもその余裕はない。

そこで、ロンドン市の内部に侵入することにする。

3　樹木

ロンドン橋を北に歩いてロンドン市内に入る。

ロンドンの範囲を見定めることは難しい。シェイクスピアが郷里ストラットフォード・アポン・エイヴォンから上京したときのロンドンはほとんど「ロンドン市」に限られていた。それはテムズ川沿いの中世以来の石塀に囲まれた地域で、いびつな半円形を成しており、テムズ川に沿って端から端まで歩いて僅か三〇分ほどの距離だった。商業の一大中心地であると同時に、教養・芸術・宗教の繁栄を誇る文明の聖地でもあった。エリザベス朝の政治的な安定を受けて移住者、旅行者が詰めかけたため、イン、すなわち宿屋が繁盛したのは当然だった。

最近では日本でもホテルの意味でインという語が使われることもあるので、この語に親しみが持てるようになってきている。エリザベス朝のロンドンには四つの法学院があって、これもインと呼ばれたが、これは法学院が法律を学ぶ学生の宿舎の機能を持っていたからで、「泊る場所」という意味で語源的には宿屋のインと同じである。法学院では演劇の上演が盛んで、エリザベス朝演劇史と深い関わりがあり、その意味でも宿屋と共通点を持っている。

ロンドン橋を渡ってきた方角をそのまま北にまっすぐ進めば、市壁を越えて、やがてイギリスで初めてできた常設劇場のシアター座と二番目にできたカーテン座に至るはずである。シアター座は故郷から上京したシェイクスピアが最初に関わった劇場で、彼は始めは客が乗ってきた馬の世話をしていたという。本当かどうか。豊臣秀吉が木下藤吉郎の時代に下足番をしていたような話だ。そのシアター座にぜひ行ってみたいのだが、そうすると酒場に行く時間がなくなるかもしれないので、あきらめることにする。

すぐに宿屋探しに入ってもいいのだが、ちょっとだけテムズ川沿いを歩きたくなった。本当は土手道を歩きたいのだが、川沿いのぎりぎりの所まで建物が迫っていて散歩に都合のよい道が見当たらないので、少し川から離れた「テムズ通り」を右に折れて歩き始める。

ロンドン塔が前方に見えている。あそこまで行ったら左に折れればいいのだ。

川風が吹き通っているのだろう、あちこちで木々が風に揺れているのが見える。堂々とした大木ですぐに目につくのが樫の木である。樫の木はジュピターの木とも呼ばれ、通常、畏敬の念をもって扱われた。絶対に妥協しない男が、「あの人は岩だ、風にも揺れない樫の木だ」（*Cor.* V. ii. 108）と評されたように。

柳が見える。柳は樫の木とは対照的で、風にそよぐ様は風流だが、風流という概念がない土地では、ただ頼りないものにしか見えない。日本では柳は幽霊の連想があるが、それは日本の幽霊は足がないからで、イギリスの幽霊は足があるので柳とは無縁である。イギリスでは柳は失恋の象徴とされていた。デズデモーナは、その晩にオセローに殺されるとも知らずに、恋人に捨てられて死んだある女について侍女のエミリアに語って、「彼女は〝柳の歌〟という歌が好きだった。古い歌だけど、彼女の運命を読み込んでいたみたい。彼女はそれを歌いながら死んだわ」(*Oth.* IV. iii. 28) と言い、自分もその歌を口ずさみ、「目がかゆいわ。泣く前兆かしら」(*Oth.* IV. iii. 57) と言って最後の床につく。そしてその晩、デズデモーナのみならず、エミリアもまたその夫イアーゴーによって殺されることになる。涙なくして柳を見ることができようか。

しかし、私としては、木といえば、やはり杉とか松とかを見たい。と思って見渡すと、あ、あった。杉だ。

杉は最近では花粉のせいでマイナス・イメージが強くなって残念だが、その細身ながらまっすぐに伸びた姿はやはり美しい。人を「杉の木のようにまっすぐだ」(*LLL* IV. iii. 87) と描写するとき、それは、体つきばかりでなく、心のありようについても言っているのである。杉はイギリスでは王の象徴と考えられ、シェイクスピアでもその関連でしばしば言及されている。たとえば、ヘンリー八世に重臣が、「王はご繁栄になられるでしょう。そして山頂の杉の木のように枝を周りのすべての裾野に伸ばされることでしょう」(*H8* V. vi. 52)と予言するように。

それでは松の木は？と見渡すと、ああ、あそこにあった。杉の木とは対照的に、曲がった姿が風雅である。しかし、シェイクスピアではその「曲がり」はあまり美しいものとは捉えられていない。「天上の神々の目論見にも障害や災難が生じることがある。ちょうど健康な松の木が、樹液が混ざり合って生じた節こぶのために自然な成長が阻害されて、ねじ曲がってしまうようなものだ」(*Troil.* I. iii. 5)。これでは松の木はいやいやながら曲がっているようで、日本人としてはあまり面白くない。

4 スポーツ

ロンドン塔まで来た。塔を囲んでいる石塀が意外に低くて、塀越しに下を見ると、はるか下方で塔と塀のあいだに草の生えた地面が見える。見上げると、ロンドン塔がこちらを威圧するようにそびえている。ここでジェーン・グレイが首を斬られたのだ。夏目漱石の『倫敦塔』が思い出される。ロンドン塔はシェイクスピアの歴史劇にも何度か出てくる。グロスター公爵(後のリチャード三世)がヘンリー六世をロンドン塔内で刺し殺した後で、その死体をさらに突き刺して、「地獄へ落ちろ。そしておれがおまえをそこに送ったのだと言え」（*R3* V. vii. 67）と叫ぶむごたらしい場面が忘れられない。農民反乱の首謀者のジャック・ケードが、「まずロンドン橋に火をつけよう。それからロンドン塔を焼き落とそう」（*2H6* IV. vi. 12）と言うのだが、石でできた砦がそう簡単に焼け落ちるはずもない。

左に折れて塀伝いに歩いてゆくと、途中の道沿いに百合の花が咲いている。ロンドン塔と百合の花の結びつきは、なんだか切ない。

百合の花は古くからフランス王家の紋章として使われていたので、ジョーン・ラ・プーセル（ジャンヌ・ダルク）も「両側にそれぞれ五つの百合の花が刻まれている鋭い剣」（*1H6* I. ii. 99）を携えてイギリスとの戦争に臨む。しかしイギリスにおいても人々は百合の花に特別な親しみを感じていた。なにしろ、ノルマン王家の人々も、もともとはフランス人だったのだから。

王妃キャサリンが何の落度もないのに夫のヘンリー八世から離婚を申し渡されて、「かつては野の主として咲き誇っていた百合の花のように、私はうなだれて死んでゆくの」（*H8* III. i. 151）と言う。立ち姿があまりに美しいために枯れぎわが一層哀れな百合の花に自分をたとえているのである。皮肉なことに、キャサリンの代わりとして王妃に迎えられたアン・ブリンが後のエリザベス女王を出産したとき、カンタベリー大僧正クランマーが赤ん坊について、「このお方はいつの日か、乙女のままで、比類のない穢れなき百合の花として、大地に戻られるでしょう」（*H8* V. iv. 61）と「予言」する。シェイクスピアがこれを書いたのはすでにエリザベス女王が未婚のまま七〇歳でこの世を去ったあとだったから、この予言が的中するのは当然だが、それでもエリザベス女王から百合の花を連想するのはよく分かる。「乙女のままで」が果たして彼女の意に適ったものだったかどうかは定かでないが。

シェイクスピアのヒロインたちは皆その美しさを讃えられるが、なかでも『シムベリン』のイモジェンの美しさへの賛辞は際立っている。彼女は「ああ、ヴィーナスのようだ。咲き初めた百合よ、あなたの寝姿のなんと美しいことか！」（*Cym.* II. ii. 14）と感嘆されるばかりでなく、男装して、さらに仮死状態になっても、「ああ、愛らしく美しい百合の花よ」（*Cym.* IV. ii. 201）と讃えられるのである。

ロンドン塔の石塀の端まで行く少し手前に左に折れる道があったので、ロンドン塔を背にしてその道を辿り始める。この道がシェイクスピアにその名が何度も出るイーストチープという通りに通じていて、そこに有名な宿屋があるはずだ。

道の両側に家が並んでいる所もあるが、ロンドン塔に近いせいか、家がひしめいているという印象ではない。

そのせいか、鳥が目につく。

建物の下の、草地が剝げて地面がむき出しになったところに、雀が群れて地面をつついている。雀は色合いが地味で、また、どこにでもいるので、あまり注目されないが、その姿かたちや仕種がとても愛らしい。若い男女の仲を取り持つことに生きがいを見出しているような男が、自分の姪と王子との仲を取り持とうとして、訪ねてきた王子に姪を売り込みながら、「全くこれ以上はないくらいに可愛いコですね。今連れてきますよ。捕まったばかりの雀みたいに息を切らしているところです」(*Troil.* III. ii. 31) と言うのは、雀の愛らしさに触れたものである。

数羽の燕が飛び交っているのが見える。妄想は季節を選ばないので今が一年のどのあたりか判然としないが、もしかしたら夏の初めかもしれない。繁殖地に戻ってきた渡り鳥がやたら勢いよく飛び回る時期だ。気前のいい豪族にへつらう男が、「燕だって、我々が貴殿に従うほどには、いそいそと夏に従いはしないでしょう」(*Tim.* III. vi. 28) と言っているのは、おべっか使いの薄汚さと燕の瑞々しさを比較している点に面白さがある。両者は正反対なのに、この男は同じようなものだと言っているのである。

カラスが建物の上に止まってあたりを睥睨している。カラスはその真っ黒な体、野太い鳴き声、気性の荒さなどから、どの国でも嫌われているようだ。シェイクスピアでも決して肯定的には言及されていない。息子二人を敵に捕らえられた男が、敵からの使者を装う男から、おまえの片腕を切り取って渡せば息子の命を助けようと言われて、「カラスがそんなふうに、まるで夜明けを告げるひばりのように、楽し気に鳴いたことがあったか？」（*Tit.* III. i. 158）と言う。自分の片腕と引き換えに息子二人の命が助かるのであればこれほど嬉しいことはない、という意味だが、それと同時に、そういう残酷なメッセージを伝える使者をカラスに譬えているのである。

目につくのは鳥ばかりではない。

一匹の蛙が私の近くの垣根の下を這っている。テムズ川から上がってきて地上の空気を楽しんでいるものか。どう見てもあまり恰好よくない。しかし、「逆境だって考え方によっては有益なもので、それはちょうど蛙が醜く有毒でありながら顔には貴重な宝石を有しているようなものだ」（*AYL* II. i. 12）とあるように、その眼は美しいものとされていた。さらに、「ひばりと醜い蛙は眼を取り換えっこしたのだと言う人もいる」（*Rom.* III. v. 31）とのこと。ひばりの眼が小鳥の眼にしてはあまりかわいくない（？）ことに理由づけしようとしたものだろうが、もしそうだとすれば、ひばりにとってこの取り換えっこはあまりにも割に合わないものではないか。

ひばりは何かと引き合いに出されるようだ。

向こうの空地の草むらで男の子が数人で木製の球を転がして遊んでいるのが見える。あれはボウリングに違いない。

この時代のボウリングは、九柱戯と呼ばれた遊びの伝統を引く今日のボウリングとは違って、遠くに置いた玉に向かって別の玉を投げていちばん近くに寄せた者が勝ちというゲームだった。現在のパラリンピック競技のボッチャと共通点があるようだ。「球を投げて目標の球にすれすれの位置に転がしたんだが、奴の球に跳ね飛ばされてしまった！」（*Cym.* II. i. 1）というセリフはボッチャの選手の共感を得られるかもしれない。

ボウリングはボールが幾つかと草地があればどこでもできるのでとても気軽な遊びだった。シェイクスピアにも関連のセリフが多い。

失意の王妃と侍女の会話。

「この庭でどんな遊びができるかしら。重苦しい心の煩いを追いやりたいのだけれど」

「ボウリングならできます」

「それをやっていると、この世が歩みを遮るものに満ちていて、私の運命が私の本来の進路を遮っていることを考えさせられるわね」（*R2* III. iv. 1）

ボウリングの球が色々なものに邪魔されて決してまっすぐに進んでくれないと言って

いるのである。それでは気が晴れないだろう。

遠くで男たちがボールを蹴り合っているのが見える。ああ、サッカーをやっているんだ、と思いたいが、この頃のフットボールは現在のサッカーとは較べようもないほど荒っぽいもので、庶民の男たちが憂さ晴らしのようにしてやるものだった。「この下劣なフットボール野郎め」（*Lr.* I. iv. 91）と罵りの言葉として用いられたし、人使いの荒いおかみさんに使用人の男が抗議して、「あたしがこんなに丸っこいからって、あたしにそんなに辛く当たって、フットボールの球を蹴っ飛ばすみたいにしなくてもいいんじゃありませんか？」（*Err.* II. i. 82）と言ったりするときに比喩として使われた。

テニスをやっているところも見たいものだが、この頃のテニスは専ら室内でやるもので、通行人の目に触れるようなものではなかった。しかも、この頃は「室内」と言えばあやしげな雰囲気が漂うことが多く、それはいかがわしい商売をする場所でもあった。「テニスコートの管理人」（*2H4* II. ii. 18）はその方の管理も兼ねていたのである。テニスをやっているところが見たいなどとうかつには言えない。

フランスの皇太子から遣わされた大使がイギリス宮廷に来て、即位して間もないヘンリー五世の若気を揶揄するメッセージを伝えた後で、皇太子からのプレゼントとしてテニスのボール一箱を差し出す。これで遊んでいればいいというのである。箱の中身を確認したヘンリーが言う、「殿下のご冗談を嬉しく拝聴した。彼からの贈り物と貴公のお骨折りに感謝する。当方は、このボールにふさわしいラケットの用意ができ次第、フランスのコートでの一試合に臨んで、神かけて誓うが、彼の父君の王冠を窮地に叩き落すつもりだ」(*H5* I. ii. 259)。

テニス・ボールに託したメッセージは激怒を喚起するに足るものだったのである。

5　疫病

すぐに建物がきっちりと並んでいるあたりにさしかかった。

歩きながら左右の家々を眺めたり、路地を覗き込んだりする。家は木の枠組みのなかに白い漆喰が塗り込んであって、とても美しい。美しいのだが、当時は、夜になると人々は家の窓から通りにゴミや排泄物を捨てたという。だから街中は不潔で悪臭が漂っていたという。幸いに妄想は主として視覚的なもので嗅覚はあまり関係してこないので、私には臭わない。それにしても不思議なのは、シェイクスピアが生まれる前に、彼の父親のジョンがストラットフォード・アポン・エイヴォンの家の窓から通りにゴミを捨てたために罰金刑を科されたことである。同じことをやっても田舎町では罰金刑が科されて都会ではお咎めなしというのが私には理解できない。中世以来の市壁で囲まれたロンドンがこれだから、ロンドンが度々疫病に襲われたのも理由がないわけではない。

疫病はエリザベス朝に入ってからも何度か発生していたが、特にシェイクスピアが劇作品を書き始めて間もない一五九二年から翌年にかけて大流行した。その間、劇場は閉鎖され、役者たちは地方巡業をして糊口をしのいだ。シェイクスピアがこの時期に『ソネット集』を書いたのも劇場が暇になったからである。この後もエリザベス女王が亡くなる一六〇三年にもっと大きい流行が、そしてさらに一六六五年には記録的な大流行がロンドンを襲うことになる。

疫病、つまり大規模な感染症は、かつてはペストに限られていたが、今日では多岐にわたり、しかも新種が次々に出現して世界を脅かしている。これにどう対応するかは人類に与えられた大きな課題である。

シェイクスピアにも疫病に関わる言葉がたくさん出てくる。

フランスに攻め入ったヘンリー五世がイギリス兵を鼓舞して、彼らが祖国に凱旋した暁には英雄として迎えられるだろうと言い、さらに、「勇敢に戦った末に死体をフランスにさらした者も、たとえ糞土に葬られようと、その名誉を讃えられるだろう。なぜなら、彼らを太陽が照りつけて敬意を表し、名誉を天に昇華させ、泥土にすぎぬ肉体がフランスの空気を占領し、その悪臭がフランスに疫病をもたらすだろうから」（*H5* IV. iii. 98）と言う。そこには疫病が発生して蔓延するプロセスが語られている。同じように、アテネを呪う男の、「人間につきものの疫病よ、おまえの強力な伝染性の熱を蓄えて、アテネに降り注ぐ支度をしておいてくれ」（*Tim.* IV. i. 21）という言葉にも、疫病が伝染性の熱となって地上に降り注ぐ様子が表現されている。

忌まわしさの代名詞とも言うべき「疫病」という語は、病気そのものだけでなく、単に呪いや非難や怒りを最も痛烈に表現する言葉としても盛んに用いられている。両方の意味合いを含めてシェイクスピアで「疫病」という語が使われる回数は優に一〇〇回を越える。

獅子心王リチャード一世の亡き後、当然そのすぐ下の弟ジェフリーの息子アーサーが王位に即くべきなのに、王の母がリチャードの末弟ジョンを王位に即けてしまった。そのことをアーサーの母が憤って言う、「これだけは言わなければなりません。この子が祖母の罪という疫病に苦しめられているばかりではありません。神様が、祖母の息子と彼女自身をこの孫にとっての疫病となされ、そのためこの子は彼女のせいで、そして彼女の息子という疫病のせいで、疫病に感染した苦しみを負わされているのです」（*John* II. i. 184）。そして、止めとして、「あの女が疫病に取りつかれるがいい！」（*John* II. i.

190）と叫ぶ。僅か八行のセリフのなかで疫病という語が（その動詞用法も含めて）五回も用いられている。息子の権利を奪った姑への嫁の怒りは斯くのごとし、と思わないではいられない。

しかし、何によらず、例外というものはある。疫病がいつも忌まわしいものとは限らないのである。

恋に落ちてしまった女性が、「まあ、どうしたのかしら。人はこんなにもあっけなく疫病に取りつかれるものなの？」（*Tw.* I. v. 298）と言うとき、疫病は恋の代名詞とされている。また、恋に落ちてしまった三人の男たちの共通の友人が、その片想いの相手の女性たちに、「あの三人の首に疫病患者の印の札を下げといてよ。心臓に感染してるんだ。あんた方の目からうつされたんだな」（*LLL* V. ii. 419）と言うのは、疫病患者の出た家のドアにそれを示す文言が張り出されたことを比喩として用いているのであって、ここでも疫病と恋が同一視されている。日本語で言う「恋の病」というわけである。

それにしても、恋と一緒にされれば、さすがの疫病も当惑したのではないか。

6　宿屋

人ごみをかき分けるようにして歩く。ずいぶん多様な民族の人がいるので、私も目立たないので助かる。

私はロンドンに滞在していたこともあるが、ロンドン市内、つまりかつての市壁の内側をそれほど歩き回ったわけではない。私の主たる行動範囲は市壁の西側の大英図書館やソーホーを中心とするあたりで、シェイクスピアにはその近辺があまり出てこないのが残念である。だから運搬業者がほんの何気なく「おれはベーコンと生姜の根っこ二つをチェアリング・クロスまで運ばなきゃいけねえんだ」（*1H4* II. i. 23）などと言っているのを聞くと、嬉しくなる。そこらあたりは私の最も親しんだ地域だったから。

しかし、今はそんなことを言っている場合ではない。

イーストチープに入ってすぐに交差する大通りに出たので、左を見るとロンドン橋の入口に立っている門が見える。ああ、ここだ、と思って右を見て、あった、と声に出しそうになった。さしあたって目標としていた二つの建物が目に入ったのだ。他の建物よりも圧倒的に大きいので、すぐに宿屋だと分かった。

通りの右に見えるのがクロスキーズ館、その向かいに見えるのがベル館である。

宿屋が大きいのは当たり前、かどうかは一概には言えない。当時は屋根とベッドがありさえすればそれでいいという、いい加減な、あるいはいかがわしい「宿泊所」もたくさんあったのだから。

しかし、今探しあてたのは中庭で演劇の公演ができる大きな宿屋である。

近寄って見ると、クロスキーズ館もベル館も、三階建ての、他を威圧するような堂々たる建物である。

大きな宿屋は劇場を兼ねていたという点で、演劇の発展に重要な役割を果たした。宿屋なら全国津々浦々にあったから、劇団が巡業公演を行うには便利だった。多くは宿屋の中庭を借りて劇が上演された。通りに面した側がそれほど幅広くないのは、長方形の建物の、その短い方の辺だからだろう。奥行きはかなりあるはずだ。

その奥行きの突き当たりに、劇団は中庭に張り出すかたちでステージを組み立て、背後の一階の回廊を奥舞台とし、二階の回廊も舞台として使い、三階の回廊には楽師たちを配した。宿屋の中庭を借りるといっても、それは極めて機能性に優れた舞台だったわけである。

この構造をそのまま移す形で常設劇場が建設されることになる。『ロミオとジュリエット』の有名な「露台の場」もこの構造なくしてはありえないものだった。

但し、劇団は自由に公演をしたわけではない。当時、役者はやくざ者的な扱いをされていて、しっかりしたパトロンがついていなければ劇団としての存立は認められなかった。したがって公に活動したすべての劇団には有力な貴族がパトロンとしてついていた。そしてそのパトロンの名前あるいは肩書がその劇団の名前となった。

たとえばクロスキーズ館でしばしば公演したとされる宮内大臣一座。エリザベス女王の母方の従兄弟で宮内大臣のヘンリー・ケアリがパトロンを務め、シェイクスピアが所属していた当時の代表的な劇団だった。

そしてベル館での上演記録がある女王一座。これはエリザベス女王の恋人と噂されたレスター伯ロバート・ダッドレーをパトロンとするレスター伯一座を母体とするもので、エリザベス女王の命令で作られた劇団だった。ロバート・ダッドレーはエドワード六世の死後に九日間だけ王位にあったとされるジェーン・グレイの義理の弟であって、その関係でメアリー女王によってロンドン塔に投獄され、同様にメアリー女王によって投獄されていたエリザベスとそこで恋に落ちたという。

エリザベスが王位についた後でロバートを重用したのは当然だが、そのときすでにロバートにはエイミーという妻がいたので、この恋が成就するはずもなかった。しかし、あるとき、このエイミーが自宅の階段の下で死体となって発見される。それはロバートがエリザベスと結婚するために邪魔なエイミーを消したのだろうと世間で噂され、それが事実であるか否かはともかくとして、このような噂を立てられるようでは女王の結婚相手としてふさわしくないということから、彼は候補者のリストから外されることになる。しかしその後も女王と親密な関係を続け、一五七五年に女王が彼のケニルワースの居城を訪れた際に演じられた湖上での大がかりなページェントは演劇史の一ページを飾るものとなっている。その後レスター伯一座のパトロンを女王が引き継いで女王一座としたのである。この劇団はベル館ばかりでなく、その通りを北に上がったところにあるブル館でも上演した。

さらに海軍大臣一座。この劇団は聖ポール寺院から西に少し行った市壁の内側にあるベル・サヴェッジ館で上演したとの記録がある。エリザベス女王の母方の親戚の海軍大臣チャールズ・ハワードをパトロンとする劇団で、クリストファー・マーロウ他の人気劇作家の作品を上演し、宮内大臣一座の最大のライバル劇団だった。

つまり、こうして見ると、有名な劇団はいずれもエリザベス女王と深い繋がりがあったことが分かる。エリザベス朝演劇は女王との関わりのなかで、あるいは女王との関わりによって、発展したのである。

それでは、劇団は、すなわち旅役者たちは、どういう劇を上演したのか、というと、どうやらなんでも上演したようである。ルネッサンス初期には中世以来の道徳劇を演じていたはずだが、それ以後は、悲劇、喜劇、歴史劇、牧歌劇やそれらの混合体のみならず、「セネカも重すぎず、プラウトゥスも軽すぎない」（*Ham.* II. ii. 396）というから、ローマの古典劇にも手を伸ばしたようである。

というわけで、当時の演劇に興味のある身としては、これらの宿屋のどれかでビールを飲みたいという思いがあるのだが、しかし、ためらいもある。

宿屋で劇が上演されるときは、庶民は安い入場料を払って中庭に入り、そこで立ったまま劇を観た。一方、比較的裕福な階級の人々は追加料金を支払って宿の客室に入り、そこで友人たちと飲み食いしながら開演を待ち、上演が始まると回廊に出てそれを観た。

今、私はどうするか。ただ飲むために入るのであっても、部屋を借りなければならない。私は一般庶民だが、高い料金を払って、たった一人で飲むのか？　あるいは、現代のホテルのように、バーや酒場として独立した部屋なりコーナーなりがあるのか？　それが分からないのに、いきなり入って行くのはどうも気が引ける。

それで、タヴァーンを探すことにした。

7　タヴァーン

タヴァーンは宿屋よりは安く飲めたが、それでもエールハウスよりは格段に高級だった。そして詩人や劇作家などの文人たちの憩いの場であり、なによりも、知識人たちの情報交換の場だった。もっとも、そこは時として喧嘩の場にもなった。クリストファー・マーロウはシェイクスピアと同年生まれでシェイクスピアが劇を書き始めたころにはすでに当時を代表する劇作家として名声を確立していたが、テムズ川南岸のタヴァーンで、まだ二十九歳の若さで、喧嘩の果てに目の上を剣で突き刺されて死んだ。勘定のことでつい感情的になって、というのが通説だが、当時マーロウは政府のスパイを兼ねていたとかで、その関係で消されたのだという説もある。タヴァーンでいかに喧嘩が多かったかは、血の気の多いマーキューシオーが温厚なベンヴォーリオーに、「おまえだって、タヴァーンに入るとテーブルの上に剣を放り出して、こいつに用がなけりゃいいんだが、なんて言っておきながら、二杯目が効いてくるあたりでもう理由もないのにウェイターを相手に剣を抜く、そういう手合いじゃないか」（*Rom.* III. i. 5）と言うあたりによく示されている。

だから、喧嘩で傷ついた男たちの、喧嘩が収まった後での、

「おれは医者のところに行く」

「おれもそうする」

「おれはタヴァーンに行ってどんな薬があるか見てくる」（*1H6* III. i. 146）

という会話が、単なる冗談以上の意味を持つのである。

私は傷ついているわけではないが、タヴァーンはないか、と目を凝らす。ロンドン橋の方に振り返ると、道路の右側に蔦の絵の看板が出ているのが見えた。

ああ、あそこにある。しかも、位置から言っても、またその絵が蔦を咥えた猪になっていることから言っても、あれはいちばん行きたかったボアズヘッド（猪首）亭に違いない。

タヴァーンには蔦の絵の看板を出している店が多かった。「よい酒には蔦がつきものです」（*AYL* V. iv. 202）と言われるように、タヴァーンの店頭には蔦を飾る習慣があった──ブドウの蔦はワインの象徴であるばかりでなく、酒神バッカスにゆかりの深い植物だから。「よい酒は看板などいらない」（*AYL* V. iv. 200）は「本当によいものは宣伝を必要としない」という意味の諺になっているが、それはタヴァーンの蔦の絵から発想されたものである。それでもタヴァーンの店頭には蔦の絵があったから、ここでは諺が機能していないことになる。

私がボアズヘッド亭に行きたかったのは、そこがフォールスタフの入り浸った酒場だったからである。ヘンリー四世が宮廷に寄り付きもせずに遊びほうけている息子へのいら立ちを露わにして、「ロンドン中のタヴァーンを探してもらいたい。なぜなら息子は毎日タヴァーンに入り浸っているという話だから」(*R2* V. iii. 5)と言うとき、ヘンリー王子は多くの時間をこのボアズヘッド亭でフォールスタフやその仲間たちと過ごしていたのである。

フォールスタフとその一党はボアズヘッド亭で酒を飲んだり娼婦とたわむれたりしただけではない。彼らは即興で芝居を演じて楽しんでもいたのである。芝居や、それに類することは、タヴァーンの楽しみの一つでもあった。

ヘンリー四世から呼び出しがかかったので明日は宮廷に行かなければならない、というハル(=ヘンリー)王子に、国王との面会の練習をしておいた方がいいのではないか、とフォールスタフが提案する。「ひとつ陽気にやるか？ 即興芝居でもやってみるか？」(*1H4* II. iv. 275)。そして、国王の役を熱演するフォールスタフを見て、タヴァーンの女将が「あの人ったら、まるでドサ回りの役者みたいにやってるわね」(*1H4* II. iv. 390)と可笑《おか》しがるのである。

芝居だけではない。音楽もまたタヴァーンの重要な要素だった。

ボアズヘッド亭にもスニーク楽団と呼ばれる出入りの楽団があった。これからフォールスタフと彼のお気に入りの娼婦ドル・テアシートが一緒に飲むというので、ウェイター長が若いウェイターに「スニーク楽団がそこらへんにいないか探してこい。テアシートさんは音楽を聴きたがる人だから」（*2H4* II. iv. 10）と言う。そしてその場面の終わりでは、決して自分から金を出したがらないフォールスタフが、このときだけは従者に「楽師たちに演奏代を支払っておけ」（*2H4* II. iv. 370）と命じるのを忘れない。音楽はどうやら特別扱いを受けていたようだ。

だから私も、たとえスニーク楽団でなくても、ここで音楽の演奏を聴きながら一杯やりたいと思うのである。

しかし、まだ決心がつかない。

この大通りを聖ポール寺院の方に行くと、寺院の少し手前の左側にマーメイド（人魚）亭があるはずである。ここでは毎月第一月曜日に、エリザベス朝でシェイクスピアに次ぐ劇作家と言われたベン・ジョンソンや詩人として名高いジョン・ダン、また舞台美術家でもあり建築家でもあったイニゴー・ジョーンズらが会合を開いたという。シェイクスピアが参加することもあった。フォールスタフがバードルフの鼻が燃えるように赤いのをからかって、「おまえのおかげで、タヴァーンからタヴァーンへ移動するときの松明の費用を一千マルクほど節約することができた」(*1H4* III. iii. 41)と言ったのは、ボアズヘッド亭からマーメイド亭へはしご酒をするときのことを言ったに違いない。このバードルフの鼻をボアズヘッド亭の女将が「マームジー色をした鼻」(*2H4* II. i. 38)と言っているが、そのマームジーが赤ワインであることを思えば、いかにも酒場の女将らしい言葉だと思わないわけにはいかない。ここで飲むのも私の長年の夢だったのである。

さらには、フォールコン(鷹)亭がある。これはその位置がはっきりしないのだが、おそらくはテムズ川の南岸のサザック地方の、つまりはグローブ座をはじめとするエリザベス朝の演劇を支えた劇場があった地域のどこかにあったらしい。そこではシェイクスピア、クリストファー・マーロウ、ベン・ジョンソンなどの劇作家はじめ劇団関係者が常連客だったとされる。できることならそこに行ってみたいのだが、場所が分からないのでは行きようがない。

私がどうしても決心がつかなかったのは、それは、タヴァーンでは、酒としてはワインが主であって、エールは出さなかったからである。タヴァーンとはローマ人がタベルナと呼ぶ酒場をイギリスに導入してできあがった名称だという。だとすればタヴァーンではワインしか出さなかったというのも大いに頷ける。

しかし、私はエールを飲んでみたいのだ。

8 ワイン

当時、ワインとエールのあいだには一〇倍以上の価格差があって、それはタヴァーンとエールハウスの「格」の違いでもあった。ジュリアス・シーザーが迎えに来た仲間に「諸君、ちょっと中に入って一緒にワインを飲んでくれ給え。それから、友人らしく連れ立って、すぐに出かけよう」（*Caes.* II. ii. 126）と言うのも、ロンドンの観客には身分の高い人にふさわしい言葉と感じられただろう。

どうしてワインがそんなに高かったかといえば、イギリスのブドウはワインに適さなかったので、ワインはすべてフランス、ドイツ、スペイン、ギリシャなどから輸入したからである。

それでもイギリスでブドウが採れなかったわけでもないので、「彼の渋い顔は熟したブドウだって酸っぱくするだろう」（*Cor.* V. iv. 17）という言葉はおそらくイギリス産のブドウを思い描きながら発せられたものだろう。

当時のイギリスはあらゆる文化を大陸から輸入しながら、しかもカトリシズムを拒否するという、大陸から見れば自分勝手な国だった。だから、もっぱらエールを飲んでいるイギリス兵がやたら元気がよい、ということをフランス人が皮肉って、「あの泡立つ水が、衰弱した馬の薬でしかない麦汁のあぶくが、奴らの冷えた血を煮立たせるのか？ワインで活気づけられているはずの我らの血が凍っているように見えるのに？」（*H5* III. v. 18）と憎々し気に言うのも、それなりに理解できるのである。

イギリス人としても、「麦汁のあぶく」の酔いとはまったく格の違う酔いをワインに期待したのは当然である。ワインを飲むことはエリート意識に繋がるものだったのだ。

シェイクスピアでもワインが言及されるとき、そこにある種の「気取り」のようなものが混入してくることが多い。

宴会で女性があまり楽しんでいないように見えるときにはどうすればよいか。それには、もっと飲んでもらって、「赤ワインがご婦人方の白い頬に浮かんでくるようになればいいのです。そうすれば、われわれ男どもは口をさしはさむこともできなくなるでしょう」（*H8* I. iv. 43）ということになる。

男だけの場合だって、酔って踊りたいこともある。「さあ、皆で手をつなごう。そして、強力なワインが我々の感覚を優しく繊細な忘却の川に沈めてしまうまで踊ろう」（*Ant.* II. vii. 105）と言って、男たちが踊るのである。

頓智比べで女性に打ち負かされてしょげている若い騎士に、老騎士が言う、

「君、カナリー（スペイン・カナリー島産白ワイン）でも飲んだらどうだ？　君がそんなに打ちのめされたことがあったかね？」

「いや、ありません。カナリーに打ちのめされたことはありますけど」（*Tw.* I. iii. 79）

カナリーに打ちのめされた思い出を懐かしんでいるものか。

しかし同時に、ワインが暗いイメージで語られることもある。ワインは口当たりはいいがアルコール度が高い。アルコールにあまり強くない者は、飲んでいるときはいくらでも飲めそうな気がするが、調子に乗って飲んでいると打ちのめされることになる。「ああ、目には見えないワインの精よ。もしおまえがまだ知られた名前を持っていないのだったら、おまえを悪魔と呼ぶことにしよう！」（*Oth.* II. iii. 273）とさえ言われるのである。

酒のためだったら宗教も道徳も屑同然と考えているフォールスタフにその仲間が問いかける、「こないだの聖金曜日に悪魔と取り引きして、あんたの魂をマデイラ（スペイン・マデイラ島産白ワイン）一杯と鶏の脚一本とで売り渡すって話、あれどうなった？」（*1H4* I. ii. 111）。フォールスタフはワインのためだったら悪魔とでも取り引きするのである。

プロポーズをしにやってきた男たちに箱選びをさせるに際して、ポーシャがネリッサに言う、「まさかの結果にならないように、〝外れ〟の箱の上にライン・ワイン（ドイツ産）のグラスを載せておいてね。そうすれば、中身が悪魔でも外見が魅力的なら、彼は必ずそれを選ぶでしょうから」(*Merch.* I. ii. 92)。ここでもワインが悪魔と結びつけられている。

イアーゴーがムーア人のオセローと結婚したデズデモーナを中傷して、「清純だなんて、そんな馬鹿な！ 彼女の飲むワインだってブドウでできているんだ。もし彼女が清純なんてものだったら、ムーア人を愛するなんてことはなかっただろう」(*Oth.* II. i. 249) と言っているのは、わざわざワインを持ち出すことによって、彼女の悲劇的な末路を暗示しているのである。

ワインの暗いイメージの背後には、ワインを人間にもたらしたとされるバッカス、すなわちギリシャ神話でいうディオニュソスの暗い言い伝えが見え隠れしているように思われる。神話の世界に、遅れて、しかも外地から参入したディオニュソスは、彼を認めようとしない神々や人々との争いのなかで筆舌に尽くし難い辛酸をなめた。したがって、ブドウのイメージは決して明るくないのである。稀代の厭世家が山賊に金を与えて、「さあ、行って、いまわしいブドウの血をすすってこい、体がかっかして血がたぎり立つまでな。そうすりゃ、絞首刑になる前に死ねるぞ」(*Tim.* IV. iii. 432) と言うのは、「ブドウの血」という表現にワインの本質を見ようとしているのである。

9　フォールスタフ

ワインについて考えていると、どうしてもフォールスタフのイメージが頭にこびりついて離れない。

フォールスタフは言う、「たとえおれに一千人の息子がいようと、人間としての第一原則として教えたいのは、薄い酒は飲まずにサック（スペイン産白ワイン）に溺れろということだ」（*2H4* IV. iii. 121）。フォールスタフに息子がいなかったのは幸いと言うべきか。

息子はいなかったが、幸か不幸か、フォールスタフに心引かれる人が大量に出現することになった。『終わりよければすべてよし』のペイローレスについて言われる「彼の悪辣さは悪辣さの範囲を超えているために、その珍しさが彼の救いとなっているのだ」（*All's* IV. iii. 264）は、誰よりもフォールスタフに当てはまる言葉だろう。

エリザベス女王は『ヘンリー四世』を観てフォールスタフが気に入り、フォールスタフを主人公にした喜劇を作るようにシェイクスピアに命じて、その結果『ウィンザーの陽気な女房たち』が書かれたという言い伝えがある。仮にこの言い伝えが事実だとすれば、エリザベス女王はフォールスタフのどこに魅かれたのか？

フォールスタッフは大酒飲みで嘘つきでほら吹きで、臆病者であり、そのうえ好色漢であり、泥棒である。弱い者いじめをし、借金を踏み倒し、権力者に媚び、戦場に出れば死んだふりをし、徴兵の任務につけば賄賂を払った者を見逃し、兵士となるに不向きな弱々しい者を「どうせ火薬の餌食だ」（*1H4* IV.ii.65）と言ってしょっ引いてゆく。悪辣と言おうか、破廉恥と言おうか。

そういう人間が人の心を捕らえるとすれば、それが人間の本性だと考えるほかない。ハムレットが「自分は傲慢で執念深く、野心家で、実行に移すつもりの罪悪を、いっぺんに思い出したり具体的に思い描いたりできないほどたくさん、そしていちいち実行する時間もないほどたくさん持っている」（*Ham.* III. i. 124）と言うとき、彼は心にフォールスタッフを抱え込んでいるのである。社会の秩序を構成する一員である以上、人間は、自分がどういう個性と欲望の持ち主であるかはさておいて、とりあえず秩序に添うかたちで「自分」を思い描かなければならない。その義務感・抑圧感が重圧となって、その反動で反社会的な自分というものを一つの理想像として心に秘蔵することになる。「頭のなかは奴隷だって自由だ」（*Oth.* III. iii. 139）というイアーゴーの言葉を待つまでもない。それは自己完結的な反逆精神というべきものであって、それがあってこそ、人間社会がどうにか維持されるのである。

エリザベス女王も例外ではない。彼女は母親アンを実の父親ヘンリー八世に処刑され、腹違いの姉メアリーが王位についた翌年にはロンドン塔に投獄されて命の危機に陥れられた。自身が王位についた後、結婚の意志がなかったわけではないが常に不運に祟られて結婚を果たせなかった。カトリック教と英国国教の軋轢のなかで多数の人間が処刑されるのを見てきた。大陸のカトリック教国から間断なく彼女を標的にした刺客が送り込まれてもいた。彼女の内面にある道徳とか宗教とか愛国心とかの建前を深く掘り下げていったその先に、彼女の本音が暗く淀んでいたに違いない。彼女もまた自己完結的な反逆精神に支えられていたと考えるのはそう突拍子もないことでもないだろう。彼女もフォールスタフのむちゃくちゃな人生態度に自分の心底と通い合うものを感じたのだと思われる。

フォールスタフが死んだことを知ったバードルフの言う、「あの人と一緒にいたかったなあ。どこでもいい、天国でも、地獄でも！」(*H5* II. iii. 7) は、当時の多くの人々の共通の思いだったに違いない。

シェイクスピアはフォールスタフに人間性の根源的な出発点のようなものを見ていたのだ。それは郷愁を誘うものなのである。

10 エール

というわけで（？）、タヴァーンに行きたい気はあるものの、やはりエールを飲んでみたい。それに、エールハウスは、安いし、喧嘩もないようなので、気楽である（多分）。イアーゴーの軽口を聞いたデズデモーナが、「そういうのって、エールハウスで馬鹿な人を笑わすためのいつもの冗談って感じね」（*Oth.* II. i. 138）と言うが、デズデモーナがエールハウスに行ったはずはないのであって、つまりエールハウスとはそういうところだということが世間常識になっていたということである。

エールハウスはタヴァーンより下で、宿屋《イン》に比べればさらにさらに下ということになる。王位を追われて牢獄へと引き立てられてゆくリチャード二世に、王妃が言う、「壮麗な宿屋であるあなたに、どうしていかめしい顔つきの悲しみが宿を取らなければならないのですか、勝利がエールハウスの客として収まっているというのに？」（*R2* V. i. 13）。ここではリチャードが宿屋に、その王位を簒奪した従兄弟のボリングブルックがエールハウスにたとえられている。勝利という輝かしいものが、なんだって宿屋に泊らずにエールハウスなどに宿を取っているのか、というのである。ここまで宿屋とエールハウスの階級差は明らかだったのだ。

いったい、エールとビールはどう違うのか？

エリザベス朝のビールとエールの基本的な違いは、ビールにはホップが用いられているがエールには用いられていない、ということだった。ビールにホップを入れて飲む習慣はもともとヨーロッパ大陸のものだった。ホップがイギリスに入ってきたあと、エールに少しだけホップを混ぜるということがなかったわけではないが、一般的には、エールとビールの違いを厳格に区別するという嗜好上の潔癖さがイギリス人にはあったようだ。

ビールがさかんに飲まれるようになったのはエリザベス朝の半ばからだという。それではビールはどこで飲まれていたのか、ということになるが、エールハウスではビールは飲まれなかったというから、おそらくタヴァーンとか宿屋とかで飲まれていたのだろう。シェイクスピアにもビールは何度か言及されている。

職人同士が決闘するのを見物する隣人たちが、一方を応援して言う、「ここに上等の強いビールがある。これを飲みな。あんな敵なんぞ怖がるこたぁねえ」（*2H6* II. iii. 63）。

そして農民一揆の主導者ジャック・ケードの強がりのセリフ、「弱いビールを飲む奴など重罪に処してくれる」（*2H6* IV. ii. 65）。弱いビール、つまりアルコール度の低いビールでも、エールよりは上等なのだ。庶民がビールというとき、それはワインほどではないが、エールよりは上等だという気分の高まりがそこには感じられる。

フォールスタフの取り巻きの一人になっていわばやがて王位につくための修行をしているハル王子と他の取り巻きとの会話。

「本当に疲れたよ。こんなことを言うと、おれの高貴な身分を卑しめることになるけれどね。弱いビールを飲みたいなんて言えば、これも身分を貶めることになるかね」

「王子様たるお方が、あんな弱々しいものをご記憶のようじゃいけませんぜ」

「おそらくおれの味覚は王子にふさわしくないんだろう。だって、おれは今、弱いビールなんていう哀れなものが思い出されてならないんだ」（*2H4* II. ii. 6）

ここでも、王子はエールが飲みたいとは言っていない。

ハムレットは墓堀人が掘り出した頭骸骨を手にして、人間の死後の哀れさに思いをはせる。「アレキサンダー大王が死んで葬られ、塵、つまり土にかえり、その土が粘土になる。だったら、アレキサンダー大王から変化した粘土がビールの樽の栓になるかもしれないのだ」（*Ham.* V. i. 201）。そういう人間の生にどういう意味があるのか。ハムレットはそう言いたいのである。

とりあえず、私はエールハウスを探すことにする。

エールは醸造が簡単で一般家庭でも設備さえあれば醸造することができた。醸造する場所は別棟になっていることが多く、「ちょっと、あんた、すぐそこの醸造棟で待機していてよ」(*Wiv.* III. iii. 8)と言うように、別な用途で用いられることもあった。エールは比較的フラットな味わいで、およそあらゆるもので味付けされた。当時水が不衛生だったので、水の代わりとして飲まれた。醸造は殺菌とほとんど同義だったのである。また、普通の家でエールを醸造して、主婦がそれを売り歩くということもあったし、自分の家でエールハウスの看板を掲げるところもあった。文字通り「ハウス」だったのである。

医者の家の召使の女性が、自分の仕事を列挙しながら、洗濯、パン焼き、床磨き、料理、ベッドメーキングなどの他に醸造をあげている(*Wiv.* I. iv. 90)。それは家事を預かる者の当然の仕事だったのだ。「うまいエールを醸造する人に幸あれ」(*Gent.* III. i. 297)という格言もあったほどである。

女性を侮蔑的に考える男が、「(女なんてものは)アホな子どもたちに乳を飲ませて、弱いビールを帳面に書き留めたりするだけさ」(*Oth.* II. i. 160)と言うとき、この「弱いビール」はおそらく、エールをイメージして言ったものと思われる。作るにせよ売るにせよ、主婦がきちんと帳簿に書いて管理する必要があったのだろう。

エールハウスは安宿を兼ねている場合が多かったから、泊まりたいという客があれば無理をしても泊めた。夫婦のベッドがあるだけの家では、そのベッドに客も寝かせて、三人で寝たという。（いくら私が夢想するといっても、そういう状況にいる自分を想像したくない。）

一般のエールハウスも醸造所を兼ねていて、自分のところで作ったエールを自分のところで売る習わしだった。しかし、チューダー朝に入ってエールハウスが増えるにつれて専門の醸造所ができるようになり、エールハウスはそこからエールを買うようになり、エールの品質も飛躍的に向上した。その結果、「エールの一リットルもあれば王様にとってもご馳走だ」（*Wint.* IV. iii. 8）と言われるほどになった。それはやや言い過ぎの感もあるが。

それで、私の妄想も、ロンドン市内の、少なくとも中級程度以上のエールハウスに飛ぶことになる。「ロンドンのエールハウスにいたかったなあ！　一杯のエールと身の安全と引き換えなら、名誉なんかいくらでもくれてやる」（*H5* III. ii. 12）という声に背中を押されて。しかし、「名誉なんかいくらでもくれてやる」とはいうものの、ロンドンのエールハウスに行くことを渇望する人が、それほど守るべき名誉を持ち合わせていたとも思われない。「さあ、来いよ、鉄砲玉め。今すぐ一緒にエールハウスへ行こう。そこに行って五ペンスも出せば、五千回も〝ようこそ〟って言ってもらえるんだ」（*Gent.*

II. v. 7）というのが、いかにもエールハウスの客らしい反応だろう。しかし、あまり気を許してもいけない。警吏が配下の夜警に「すべてのエールハウスを覗いて回れ。飲んだくれている奴がいたらもう寝るように言え」（*Ado* III. iii. 42）と命令しているのだから。

さて、どのエールハウスにするか。

11　芝居とは

ボアズヘッド亭から南に歩いて、ロンドン橋の手前まで、つまりテムズ通りまで戻る。少し迷ってから、右に折れて、先ほどとは反対方向に歩き始める。しばらく歩いてから、思いついて、建物の間の小道を下って川岸まで出る。テムズ川を眺めたい。

ここからだと左手にロンドン橋の全容が見渡せる。全体が切れ目のない長方形の石造りの建物で（本当は切れ目があるのだが）、橋というよりは、砦だ。

そう、あれは南方からロンドン市に攻め込もうとする軍勢をブロックする砦なのである。

もともとテムズ川の南岸地域を指すサザックという地名は「南の砦」という意味で、

イングランド南部および海外からの攻撃からロンドンを守るという主旨でつけられた地名である。実際には南部からの旅行者・商人がロンドンに入るにはロンドン橋を渡るしかないので、その手前で宿泊するのが便利なため、宿屋の密集地となり、結果的に歓楽地となった。

ロンドン橋の向こう端に石造りの門が立っているのが微かに見える。その門の上の方に、処刑された罪人の首がいくつも串刺しになっているはずだ。見せしめ、ということだろうが、そんなものは見たくない。橋を渡ったすぐ左側には罪人の公開処刑場があったから、首を収集するには便利だっただろう。「ロンドンの入口におまえらの首を掲げてやる」(*Cym.* IV. ii. 99)という脅し文句は、当時の観客にはこたえたはずだ。

橋の右横の建物は熊いじめの場に違いない。熊いじめは杭に熊を括り付けて何匹もの犬に攻撃させるもので、当時大人気だった見世物である。「私は杭に縛りつけられている。犬責めに耐えるほかない」(*Lr.* III. vii. 53)とか、「奴らはおれを杭に縛りつけたのだ。もう逃げられない。熊のように犬責めに対抗するほかない」(*Mac.* V. vii. 1)とかのように、追い詰められたと感じる男が決まって口にする比喩だった。そのさらに右手に劇場のバラ座が見え、その奥にグローブ座が見える。娯楽を求めてロンドン橋を渡ってきた人々は、まず振り返って罪人の首の陳列を眺め、それから処刑の現場を見るか、熊と犬の殺し合いを見るか、あるいは（男性なら）歓楽街で娼婦と遊ぶか迷ったことだろう。その選択肢のなかに「劇を観る」ことが入っていたのである。シェイクスピアが劇を書くときに想定した観客はこのような人々だった。

たとえばシェイクスピアの最初の悲劇作品と言われる『タイタス・アンドロニカス』は、当時人気があった流血悲劇の流れを汲んでいることもあって、三人の女性を含む十人以上が舞台上で殺される極めて凄惨なものである。その他にも説明するのが憚られるほど残酷な設定がたくさんあり、これを今日上演するにはよほどの勇気を必要とすることだろう。しかしこれに類する作品が後に続いたわけでもないことを思えば、これが当時においてもシェイクスピア作品として特殊なものだったことが分かる。

では、シェイクスピアは芝居をどういうものと捉えていたのか？

ハムレットは「芝居の目的は、昔も今も、いわば鏡を掲げて自然を映すことだ。美徳にはその顔かたちを、悪徳にはそのありのままの姿を、時代にはその刻まれた本質そのものを映して見せるのだ」（*Ham.* III. ii. 21）と言う。文学が時代の証言者だとはよく言われることだが、文学に限らず、すべての文献が、たとえ雑文の類であろうと、何らかの意味でそれが書かれた時代を証言している。ハムレットが言おうとしていることはそれと重なる部分もあるが、それだけにはとどまらない。

「鏡を掲げて自然を映す」の意がやや分かりにくいが、それは、現代で言えば、カメラで情景を捉えるのと同じようなものだろう。誰が撮ってもそこには対象物がありのままに写されている。しかし、優れた写真家の撮った写真は、ただ対象物がありのままに写されているようでありながら、そこには写真家自身の主張や思い入れが明瞭に見て取れる。あるいは、それを見た人の主張や思い入れを引き出さないではおかない。報道写真家の撮った戦時下の写真は正確に戦争の実態を伝えながら、同時に激烈な反戦思想が表現されていることが通常である。それは平和な時代の何気ない街角の情景写真についても言えることであって、一流の写真家の撮った風景写真では素人がただ漫然とカメラを向けただけでは捉えられないものまで捉えられている。それは画面の構成の問題でもあるし、焦点の当て方の問題でもある。それによって、なぜそこにカメラが向けられたかが見る側に伝わるのであって、その故にこそ、それは優れた写真なのである。

ハムレットの言葉はそこまでを含めてのものとして解釈される。ただ漫然と鏡を掲げただけでは映らないものまで映すことが芝居の使命だと言うのである。

シェイクスピアが深く関わっていたグローブ座（つまり地球座）の入口の上にはアトラス神が両肩に地球を担いでいる絵の看板が掲げられていた。この劇場がオープンする前のシェイクスピアの作品で、自分には王位につく権利があると主張する男に対して、

「あんたはアトラス神じゃないんだからそんな重荷には耐えられないよ」（*3H6* V. i. 36）というセリフが発せられるが、それはやがて作られる劇場の看板を予感させるものである。シェイクスピアとその仲間たちには、アトラス神が地球を担ぐように、自分たちも演劇という価値ある重荷を担いでゆくのだという自負があったのだろう。

『ヘンリー五世』の序幕で、素顔の役者がこれからイギリスとフランスのアジンコートの戦いをご覧にいれますと言ったあとで、「この闘鶏場のようなものにすぎない芝居小屋が広大なフランスの戦場を含み得るでしょうか？　あるいはこの木造のO《オウ》字形の建物の中にアジンコートの空を威嚇した甲冑をすべて詰め込み得るでしょうか？」（*H5* Prol. 12）と言うのは、反語的に、含み得る、詰め込み得ると言っているのである。

また、アントニーの死の報に生きる気力を失ったクレオパトラがアントニーの夢を見たと語り、「彼の顔はまるで大空のようだった。そしてそこには太陽と月があって、軌道を回りながらこの小さなO《オウ》字形の地球を照らしていた」（*Ant.* V. ii. 79）と言うのも、円形劇場が地球を表していることを示唆しているものと考えられる。屋根なし劇場には直接太陽の光が（そして月の光も）差し込んでいたのである。そして、言うまでもなく、雨や雷さえも。

ここではO《オウ》が感嘆詞のO！に通じていると感じさせる。

12　バラ戦争

土手のあちこちにきれいな草花が見える。花はどこで見ても似たようなものだが、どこで見ても愛らしい。

桜草が見える。桜と名がつけば、日本人は好きにならずにはいられない。若い女性が恋人と駆け落ちすることになったことを幼馴染に打ち明けて、「森の中で、ほら、私たちが淡い色合いの桜草の上に寝転んで何度も甘い秘密を打ち明け合ったあの場所で、彼と私は落ちあうの」（*MND* I. i. 214）と言うとき、幼い思い出も現在の恋も甘く淡い色合いに包まれる。

そして、ここにキンセンカがあり、あそこにパンジーがある。キンセンカは「太陽と共に寝て、太陽と共に泣きながら起きる」（*Wint.* IV. iv. 105）そうで、泣きながら、というのは、夜露に濡れて、ということなのだろう。パンジーは「物憂い恋の花」（*MND* II. i. 168）とも「キューピッドの花」（*MND* IV. i. 72）とも呼ばれ、狂気のオフィーリアが手に持って（あるいは持っているとオフィーリアが錯覚して）舞台に現れる、そのときの花の一つで、彼女によれば「物思いの花」（*Ham.* IV. v. 174）だそうだ。いずれにしても、悲しい。

まだまだ目につく草花はたくさんあって、シェイクスピアがそれらをどう作品に取り入れているかを思い出したいのだが、いつまでもこれをやっているとなかなかエールハウスにたどりつけないので、先を急ぐことにする。

テムズ通りに戻り、川沿いに少し歩いてから、右に折れて聖ポール寺院への道を上がる。建物の脇の、ちょっと路地に入ったところに、バラの花を見た。先を急ぐと決めたばかりなのに、「名前に何があるというの？ 私たちがバラと呼んでいるあれは、他の名前で呼んでも同じようにいい香りがするわ」(*Rom.* II. ii. 43) というジュリエットの声が耳の奥に響いて、つい立ち止まってしまった。

この「ロミオ、ロミオ、どうしてあなたはロミオなの？」(*Rom.* II. ii. 33) で始まるジュリエットのセリフには、それを隠れて聞いているロミオばかりでなく、時代も地域も遠く離れた国の妄想癖の男の胸をも打つものがある。ちょっと恥ずかしいのだが。

名前に何があるというの？ とジュリエットは言うのだが、男社会においては、名前にはすべてがあるのだ。もちろんジュリエットにもそれが分かっていて、いわば、男社会に挑戦状を叩きつけているのである——一三歳の少女が。

バラと言えば思い出すのがバラ戦争である。バラ戦争を終結させたヘンリー七世がチューダー朝を開き、彼の孫にあたるのがエリザベス女王なのだから、バラ戦争は、いわば、当時の歴史感覚の原点に位置するものだった。シェイクスピアは『ロミオとジュリエット』を書くほんの数年前に『ヘンリー六世・第一部』を書き、そのなかで、テンプル法学院の庭でヨーク家のリチャード・プランタジネットが白いバラを摘み、ランカスター家のサマセット伯が赤いバラを摘むことが発端となって、やがてそれがバラ戦争へと発展する経緯を描いている。キャピュレット家とモンタギュー家の相克のなかに身を置くジュリエットの言葉は、彼女にそこまでの意識はなかったにせよ、バラが家系の象徴であることを思い出させるものである。

しかし、バラ戦争に関する限り、家系とは何か、は難しい問題である。なぜなら、ヨーク家もランカスター家もエドワード三世の近い子孫なのだから。つまり、両家は同じ家系なのである。そしてそこには、赤の他人よりも近親の方が憎い、という感覚が働いていたことは言うまでもない。もしキャピュレット家とモンタギュー家が近親関係にあれば、あの劇はもっとややこしいものになっていただろう。

「エドワード三世には七人の息子があった」(*2H6* II. ii. 9)、と言えば、すでに不穏な空気が立ちこめる。その七人のうち、二番目、七番目の息子は子孫を遺さずに亡くなったので問題にならない。王位は当然一番目、すなわち長男の(黒太子)エドワードが継ぐはずだったが、彼はそれ以前に亡くなったので、王位はその息子が継いでリチャード二世となった。ここまでは順当である。しかし、その王位を四番目ジョン・オブ・ゴーント（ランカスター公爵）の長男ヘンリー・ボリングブルックが奪ってヘンリー四世となり、その息子、孫が次々に王位を継承してヘンリー五世、ヘンリー六世となった。しかし、どうせ奪い取った王位の継承であるから、とかく世間の目は厳しかった。そこにつけこむようにして出てくるのが五番目エドマンド（ヨーク公爵）の孫のリチャード・プランタジネットである。彼は五番目の系統ながら四番目の系統のヘンリー六世よりも自分の方に王位継承権があるのだと主張した。その根拠に三番目が関わってくる。三番目のライオネルに息子はなく、唯一の子どもが娘であって、さらにその彼女の孫娘が五番目エドマンドの長男リチャードと結婚して、その結果リチャード・プランタジネットが生まれた。つまりリチャード・プランタジネットの主張は、自分は母方により三番目の系統に連なる者であって、したがって四番目の系統のヘンリー六世よりも上だというのである。

相当に強引な理屈だが（この程度の理屈ですむのであれば他にも王位を要求できる者はいくらでもいただろう）、この強引さにはそれなりの正当性がある。なぜなら、かつてヘンリー・ボリングブルックがリチャード二世の王位を簒奪したとき、そこには理屈もなにもなくて、ただリチャード二世の性格的な「弱さ」に付け込んだにすぎなかったと同様に、リチャード・プランタジネットもヘンリー六世の「弱さ」に付け込もうとしているのであって、理屈は後からついてきたにすぎないからである。それは彼の「支配の仕方も知らない奴には従わせておけばいいんだ」(*2H6* V. i. 6) という言葉によく示されている。

しかし、理屈の強引さということになると、バラ戦争を終結してチューダー朝を興したヘンリー七世も相当なものである。リッチモンド伯(後のヘンリー七世)は言う、「忌まわしい憎悪によって分断されたヨーク家とランカスター家を、今こそ、それら王統の両家の正当な後継者たるリッチモンドとエリザベスが、神の崇高な御意思に従って統合するのだ!」(*R3* V. v. 27)。

本当に「両家の正当な後継者」と言えるのか? 彼の祖父オーウェン・チューダーはヘンリー五世の未亡人の再婚相手にすぎないのだが、その結婚によって彼の父、そしてその次に彼自身がこの世に生を享けたということ、そして彼の母はジョン・オヴ・ゴーントとその三番目の妻とのひ孫にあたるということ、この二点から彼は自分がランカスター家の系譜を引いていると主張する(と思われる)。これが果たして彼がランカスター家の系譜を引いていることになるのかどうか。またエリザベスはヨーク家のエドワード四世の娘なので、自分がエリザベスと結婚することによってヨーク家とランカスター家が統合されると言うのである。

それ以前に、リチャード三世は王位に即くためにヘンリー六世の息子エドワードを殺し、その妻アンと強引に結婚して、自分があたかもヘンリー六世の後継者であるかのように装おうとした。そして王位に即いた後では、そのアンを処刑し、今度は亡きエドワード四世の娘エリザベスと結婚することを目論んだ。それは自分がエドワード四世の後継者であることを装うことによって王位をより確かなものにするためだった。しかしエドワード四世の妻はリチャード三世の要請を退けて娘エリザベスをリッチモンド伯に与えることを確約し、それによって彼に王位を要求する口実を与えた。その結果起きた内乱でリッチモンド伯が勝ってヘンリー七世となり、首尾よく両家が統合される運びになった——ヘンリー七世の解釈によれば。

こういう系図の話は読み手の頭を混乱させるものでしかないが、ここで興味が持たれるのは、バラ戦争の発端から結末にいたるまで、王位を要求した者たちすべてが女系を論拠としたことである。チューダー朝に至るまでの系譜というものを想定したとき、そこにおいて女性が決定的な役割を担っていることは注目されなければならない。

ここでの「女系」の意味を念押しすれば、王家に娘が（つまり王女が）いて、その娘が貴族なり他国の王族なりに嫁いだときに女系が発生する。その結婚相手、及びその結婚を原点として扇状に広がってゆく家系図に属する男子のすべてが女系になる。娘が一人であってもその婚姻によって生ずる系図は何代か経つうちに大きく複雑なものになるのだから、娘が何人もいれば大変なことになる。それらの女系の男子は、通常、王位継承権がないことになっている。たまたま王家に男子がいない場合は話が別になるが、しかしリチャード・プランタジネットが王位を要求したときにはヘンリー六世には王子エドワードがいたのだから、それはごり押しというものである。

バラ戦争に先立つ英仏百年戦争も、エドワード三世が、自分の母親がフランス王の妹であることを理由にフランス王位を要求したことをきっかけとして始まっている。『ヘンリー五世』で、エドワード三世のひ孫にあたるヘンリー五世がこれからフランスに攻め入ろうとするときに、女系を根拠としてフランス王位を要求する権利があるだろうかと大司教に尋ねると、大司教が誰にもすぐには理解できないほどやたら込み入って長ったらしい説明をする。つまりは女系を根拠にしてフランス王位を要求しても構わないということなのだが、それは現存する王を廃してフランス王位を要求しても構わないという説明にはなっていない。それを黙って聞いていたヘンリー五世が、ただ一言、「それでは、私は、権利と良心に背くことなく、この要求ができるのだね?」(*H5* I. ii. 96) と念を押す。結論は始めから決まっていたのだ。だからこそフランスに攻め入ろうとしていたのだ。このほとんど無意味な「質疑応答」を挿入したのは、作者に、一般論として、「女系」の意味を再確認したい思いがあったからだろう。

百年戦争よりはるか昔、ローマ教皇使節がイギリス王位継承権を持つ少年アーサーが死んだと聞いて、ジョン王の姪ブランシュを妻とするフランス皇太子に、「あなたは奥方のブランシュ夫人の権利においてアーサーが要求したものをすべて要求することができるのです」(*John* III. iii. 142) と言う。ジョン王には成人した王子ヘンリーがいるのだから、この言葉は女系の権利を制限外にまで拡張したかたちで保証していることになる。もしこれが保証されるなら、イギリス王がフランス王位を要求する権利も保証されなければならない。こういう言葉が発せられるようであるから、多くの男たちが野心を抱くことになるのである。

13　差別

バラの話が思いがけない方に発展してしまった。

しかし、バラの話になったからには、バラ本来の役割について一言触れておかないわけにはいかない。

言うまでもなく、バラの花は女性の美しさの象徴である。しかし、その美しさは常にはかなさと裏表になっている。

オーシーノー公爵と男装したヴァイオラとの会話。

「女はバラのようなもので、その美しい花が咲いたかと思うと、その瞬間にもう散ってしまうのだ」

「ああ、なんと悲しいことでしょう。完成されたとたんにもう終わりになるなんて！」(*Tw.* II. iv. 38)

美しいばかりでなく、バラはその香りでも人を引きつける。そして、その香りはもっとはかない。既に若くないという自覚のなかでクレオパトラが言う、「バラがつぼみのときは跪いて香りを嗅いだ者も、咲ききってしまうと鼻を覆うものです」(*Ant.* III. xiii. 39)。

バラにたとえられることは、決して女性の幸福を示唆しない。若さの盛りにあるデズデモーナを殺そうとするオセローが言う、「バラの花は、摘んでしまえばもうそれきりだ。しおれるほかない。まだ枝にあるうちに嗅いでおこう」(*Oth.* V. ii. 13)。なんと自分勝手で残酷な言葉か！

バラの話はもういい。

本当はここでスミレを見たかった。しかし、ものごとはそういつもうまくゆくものではない。

どうしてスミレを見たかったかと言えば、バラの花が香るのは名前の問題ではない、というジュリエットの主張から、ヘンリー五世のスミレに関わるセリフを思い出したからである。

ヘンリー五世は英仏百年戦争での「アジンコートの戦い」の前夜、一兵士に扮して野営地を視察して回る。そして、彼のことを仲間だと信じた兵士のウィリアムから、王には戦況の厳しさがきちんと伝えられているのだろうか、と問いかけられて、いや、そんなことは伝えるべきでない、なぜなら、「国王といえど、私と同じようにただの人間であるにすぎない。スミレは私に匂うのと同じように国王にだって匂うだろう」(*H5* IV. i. 101)、だから、王が厳しい戦況を聞いてひるむようなことがあれば、それは軍全体の戦意を損なうことになりかねないから、と彼は答える。この「論理」にどれだけ説得力があるかどうかはさておくとして、私はスミレを見るとこのセリフを思い出すことになる。これは意気盛んなヘンリー五世の言葉だが、落ち目になったリチャード二世も「おまえたちはこれまで私を誤解してきたのだ。私はおまえたちと同じくパンを食べて生きている。空腹も覚えるし、悲しみも味わう。友人も欲しい。こんなにも必要によって押さえつけられている私を、どうして国王などと呼べるのか?」(*R2* III. ii. 174)と同じ趣旨のことを言っている。

さらに思い浮かぶのがシャイロックである。彼は言う、ユダヤ人だってキリスト教徒と同じ人間だ、「キリスト教徒と同じ物を食べ、同じ刃物で傷つき、同じ病気にかかり、同じ処方で治り、同じ夏や冬で温められたり冷やされたりするんじゃないか?」(*Merch.* III. i. 54)。それは、「スミレはキリスト教徒に匂うのと同じようにユダヤ人にも匂うのだ」と言っているのと同じことである。社会の頂点にある者とどん底にある者とに同じ論法を用いているところにシェイクスピアの本質を見ないではいられない。

さらに付け加えるなら、デズデモーナがまったく身に覚えのないことでオセローからひどく叱責されて落ち込んでいるとき、彼女を励まそうと、侍女のエミリアが、これも事情が飲み込めないままに、「亭主たちに、女房だって同じ感覚を持っていることを知らせなきゃいけません。女房も、亭主と同じように、見て、嗅いで、甘さも酸っぱさも味わい分けるってことを」(*Oth.* IV. iii. 93)と言う。これは、この場の状況からすれば的外れのようでありながら、深いところでは問題の本質を衝いている。エミリアは女性への差別意識がオセローの言動の根底にあると言っているのである。そこからは、男から卑劣な口実で体を要求された女の「男は神の創造物たる女を、その弱みにつけこんでダメにしてしまうのです」（*Meas.* II. iv. 126）という叫びが聞こえてくるようだ。

差別ということに関して言えば、シェイクスピア作品は性差別、人種差別、民族差別など、あらゆる差別で満ちている。それが当時の社会のありようだったのであって、シェイクスピアはそれを鏡に映すようにして見せているのである。

同時にシェイクスピアにおいては、差別される側の人間が、差別の壁を突き破るかのごとく、あるいは差別を無視するかのごとく、一個の人間としてのありのままの姿を晒している。そこに我々は人間の本質としての美しさや醜さ、強さや弱さ、そして優しさやむごさを見るのである。それは差別を肯定しているのではない。差別を越えたものが差別される側にあるという、当たり前のことを言おうとしているにすぎない。

シェイクスピア劇の女性の登場人物の多くは、良い役回りにせよ悪い役回りにせよ、性差別的な時代環境に抗して毅然として己の信ずる道を歩もうとする。それが悲劇につながるか喜劇につながるかは単に演劇の分類上の問題である。

オセローは黒人であって、世間から人種差別的な対応を受けるが、その軍人としての能力を高く評価されて将軍の地位にまで上り詰め、デズデモーナからもその人間性のゆえに愛される。彼は自分の人間としての、そして夫としての過ちを悟って自ら死を選ぶのであって、それは彼が黒人であることとは関係ない。

シャイロックも「忍耐は我が民族の徽章だ」（*Mcer.* V. I. iii. 105）と言わねばならないほどに、ユダヤ人であるために、そしてユダヤ人特有の職業とされた金融業のために、世間からひどい民族差別・職業差別を受けるが、少なくとも彼は「自分だって人間だ」という趣旨のセリフによって差別がいかに不当であるかを主張する機会を与えられている。あとは彼の個性の問題であるにすぎない。

差別を映しながらも、実は差別を越えたものに焦点を当てているというのがシェイクスピアの本意だっただろう。

さて、先を急ぐことにしよう。

14　看板

聖ポール寺院の少し手前で比較的大きなエールハウスを見つける。ドアの脇に掛けてある看板には女性の絵が描かれている。美人、というよりは、むしろ滑稽な印象を狙ったもののように思える。

叔父が暗殺されたことを嘆いている王を王妃がなじって、「あの人の銅像を立てて拝めばいいじゃないですか。そして私の肖像画をエールハウスの看板にでもすればいいんですよ」(*2H6* III. ii. 79) と言ったり、黒人の男が白人の男を罵って「白い漆喰を塗りたくった壁野郎め！ エールハウスの看板野郎め！」(*Tit.* IV. ii. 98) と言ったりするところから見れば、エールハウスの看板には、人が、それも面白おかしい筆致で描かれていることが多かったようだ。

現在でもイギリスのパブの多くは特徴のある看板を店先に掲げている。エリザベス朝では、宿屋にしろタヴァーンにしろエールハウスにしろ、必ず店先に、その店の名前を表す絵看板を出していた。むしろ、絵に描きやすいようにということを念頭に店の名前を決めたのではないか。先に触れたやまあらし館にはやまあらしの絵が描いてあった。「エレファント館」(*Tw.* III. iii. 39) には象の絵の看板が、「ケンタウロス館」(*Err.* I. ii. 104) には半人半馬ケンタウロスの絵の看板が掲げてあっただろう。弓矢を持ったケンタウロスはサジタリウスと呼ばれたので、「サジタリウス館」(*Oth.* I. i. 158) には当然その絵の看板が掲げられていたはずだ。竜を退治したとされるイギリスの守護聖人の聖ジョージに呼びかけて、「竜を打ちのめしてからずっと、私がひいきにする女将の店の戸口で馬に乗っている聖ジョージよ！」(*John* II. i. 288) と叫ぶのは、馬に乗った聖ジョージが看板に描かれているということである。

何の店であるにせよ、店には必ず看板が掲げてあった。エドワード王に悪意を抱く男が目下の者に命じて言う、「人々に、エドワード王がある市民を死刑にした話をしておけ。死刑の理由は、その市民が自分の息子を王冠の継承者にするつもりだと言ったから、というのだが、その市民は自分の店の後継ぎという意味で言ったのだ。だって、彼の店の看板には屋号として〝王冠〟と書いてあったのだから」(*R3* III. v. 75)。その看板には定めし立派な王冠の絵が描かれていたことだろう。

もちろん(と言っていいかどうか分からないが)売春宿にも看板はあった。それを証言するかのように、絶対に恋はしないと啖呵を切る男が言う、もし自分が恋をするようなことがあれば、「売春宿の戸口にある看板に、盲目のキューピッドの代わりにおれの肖像画を掲げてくれ」(*Ado* I. i. 234)。

さらに何の商売もしていない普通の家でもドアの上に絵を掲げている家が多かった。それは表札そのものだったのである。

つまり、ロンドンだけをとってみても、そこは看板の展覧会場のような様相を呈していた。看板専門の庶民派の絵描きが大活躍しただろうことは容易に想像できる。看板は純粋にイギリス市民の絵画願望を満たしていたのである。

中世のイギリスでは絵といえばほとんどが宗教画だった。ヘンリー八世がカトリックから離脱したとき、イギリスでは宗教画が廃棄され、したがってイギリスでは絵の伝統が危機に瀕した。風景画が盛んになるまでにはまだ時間を要した。そのとき宗教画に代わって絵画の中心となったのが肖像画だった。金細工師でもあった画家ニコラス・ヒリアードは、ヘンリー八世の宮廷画家だったハンス・ホルバインの描いた肖像画に学びながら、彫刻と絵画の両方の技術を生かしてペンダントなどに埋め込む細密な肖像画を数多く制作した。彼はエリザベス女王の信頼を得て宮廷画家となり、エリザベス女王をはじめとする宮廷人や富裕な市民の肖像画を描いた。『ヴェニスの商人』の「箱選びの場」で、うまく「当たり」の箱を引き当てたバッサーニオーが、箱の中から現れたポーシャの細密画の美しさに感動して、「この画家は彼女の髪を描くにあたって蜘蛛の働きをしたのだ。蜘蛛がその巣でぶよを捕えるより容易に男の心を捕える黄金の網を編んだのだ」（*Merch.* V. III. ii. 120）と言うときの「この画家」とはヒリアードを念頭に置いたものではあるまいか。また、ハムレットが「叔父は今やデンマークの国王で、父が生きていたときには叔父にあっかんべーをしていた連中も、今では彼の細密肖像画を手にするためには大金をはたいても惜しくないといった有様だ」（*Ham.* II. ii. 359）と言い、さらには叔父と再婚した母ガートルードを責めて、父と叔父のそれぞれの肖像画を示し、「この肖像画を見てください、それからこっちのも」（*Ham.* III. iv. 53）と言って、二人の品性の違いを説くのも、当時の肖像画の人気を表していると言えるだろう。

看板への思いは尽きないが、そうかといっていつまでもエールハウスの前で看板を眺めているわけにもいかない。もし誰かに怪しまれて、あなたはそこで何をしているのですか、と尋ねられたらどうする？ そのときには、苦し紛れに、窓の内側にプルーンの煮込みが置いてないか確かめているんです、と答えることにしよう。

プルーン煮が窓下の棚に置いてあるのは、そこが売春宿であることの印だった。それが催淫剤として用いられていたことからきた習慣らしい。フォールスタフがボアズヘッド亭の女将に「おまえに真実なんてものがないのはプルーン煮に真実がないのと同じだ」（*1H4* III. iii. 110）と言うのは女将を娼婦と同列に置いているということであり、また娼婦のドル・テアシートがある男に腹を立てて、「あの人はカビの生えたプルーン煮や干からびたパンだけで生きているのよ」（*2H4* II. iv. 142）と言うのは、その男が売春宿の余り物を食べてようやく生きているにすぎないと言っているのである。

しかし、目の前の窓にはそれらしい物も見えないので、どうやら安全なようだ。まだ完全に安心はできないが。

ほかにもエールハウスはないかと見渡す。

このエールハウスからもっと市壁の方に近づいてゆくと、そこはかつての僧院で後に室内劇場になったブラックフライアーズのあった地域で、その近くにシェイクスピアが下宿していたはずである。ブラックフライアーズが室内劇場になるのはシェイクスピアの生涯でもずっと後のほうだから、長いあいだ、シェイクスピアはそこからテムズ川沿いに歩いてロンドン橋に出て、橋を渡ってグローブ座に通っていたことになる。今ならブラックフライアーズ橋があってそこを渡れば比較的早く行けたはずだが、当時はロンドン域内でテムズ川にかかる橋はロンドン橋だけだったから、グローブ座からここまでは一時間近くかかったに違いない。『ハムレット』の墓掘りの場で、墓堀人が相棒に「おい、ヨハンに行って酒を一本買ってきてくれ」(*Ham.* V. i. 60) と言うが、このヨハンとはグローブ座の近くのエールハウスの経営者の名前だったらしい。しかし飲むのだったら住居に近い方がいい。だからシェイクスピアはグローブ座から帰ってきて下宿近くのこのあたりで一杯やりたいときには、このエールハウスに立ち寄ったかもしれない。演劇仲間と一緒ならマーメイド亭だっただろうが、一人のときは、エールハウスの方がくつろげたということもありうる。

見回したところ、ほかにエールハウスも目に入らないので、ここに入ることにする。

15　酒場へ

入口から入る。

私が想像していたよりもずっと広い。そして明るい。エールハウスにもいろいろな大きさや特徴があるのだろうが、これは特に大きいようだ。ここは聖ポール寺院の近くなので、参拝帰りの人やその他もろもろの「仕事人」たちを大勢を受け入れる必要があって大きくしたということなのかもしれない。フォールスタフが子分格のバードルフについて、「おれは奴を聖ポール寺院の境内で買った」（*2H4* I. ii. 52）と言っているのは、聖ポール寺院で初めて彼と出会って、それで彼を子分にしたという意味だろう。聖ポール寺院はさまざまな出会いの場でもあったのである。その出会いを確実なものにしたのが、もしかしたらこのエールハウスだったかもしれない。

広い空間のあちこちに太いむき出しの柱が立ち、四角いテーブルがまるでばらまくように置いてある。まだ時間が早いせいか、半分ほどのテーブルが空いたままである。二人連れ、三人連れ、四人連れとさまざまで、男だけ、女だけ、男女一緒と、これも多様である。遠くにウェイターのような男が、というより少年が、立っている。

入口からいちばん離れた場所にカウンターがあって、その傍に肥満した大柄な男が立っている。その腹が見事だ。「賄賂で貰った鶏肉を詰め込んで腹が見事に膨れ上がった裁判官」（*AYL* II. vii. 153）みたいな腹、とはああいうのを言うのだろう。彼がカウンターに向かっていれば、「腹が邪魔になりませんか？」と質問したいところだが、彼はカウンターに背を向けて、店内を見渡している。顔全体が濃い髭に覆われていて、目と鼻と口だけが僅かに覗いている。「皮の胴着を着て皮のエプロンを腰につけて給仕として働く」（*2H4* II. ii. 165）というとおりの恰好をしているから、どうやら店の人らしい。

女性が一人だけでテーブルについている姿が目に入った。私はその斜め後ろの位置にいるので、顔はよく見えないが、エールのグラスを前にして、ぼんやり前を見ている。彼女の座り方がかなり崩れているように感じられるが、一人で飲んでいるので本人が意識している以上にリラックスしているのだろう。

その少し離れたところのテーブルに席を占める。

エールハウスは庶民の酒場のはずだが、見たところ、客のなかには身分の高そうな人もいる。身分の差など意識せずに酔っ払うのが幸福というものだろう。

向こうのテーブルで男性三人が大声で話している。テーブルの上には数冊の分厚い本が置かれているので、本の内容について議論しているものか。

シェイクスピアの頃は、ドイツでグーテンベルクが活版印刷を考案しそれをイギリスでキャクストンが引き継いでからすでに一〇〇年ほどが経過しており、出版活動は盛んだった。農民反乱を率いたジャック・ケードがこれからその首を刎ねようという貴族に、「おれたちの先祖は本といやあ板切れに刻み目をつけたものしか持たなかったのに、お前たちが印刷なんてものを持ち込みやがったのだ」（2H6 IV. vii. 32）と憎々し気に言うのは、本の存在が階級の境い目になるほど多く読まれていたということだろう。もっとも、歴史的に言えば、ケードはキャクストンが印刷所を起こす前に死んでいるので、これはあくまでもエリザベス朝の話ということになる。

聖ポール寺院の境内には本屋が軒を連ねていた。日本でいえば神田の古書店街のようなものか。地下は本の貯蔵所になっていた。もともとは教会にふさわしく宗教書が出版・販売されていたのである。

だから、あの三人もそこで本を買って、ここで一休みしているのかもしれない。シェイクスピアも聖ポール寺院の境内で本を買って、それを参考にしながら劇を書いたという。シェイクスピアの劇も出版されると多くはそこで売られた。シェイクスピアもこのエールハウスで次作の構想を練ったかもしれない。

ひょっとしてシェイクスピアが来ているのではないかとあたりを見回すが、それらしい人は見当たらない。

入ってきたときには気づかなかったが、入口のすぐ脇のテーブルで、二人の女性が、一方は男の子を、他方は女の子を連れて、一緒に食事をしている。男の子は母親の胸にしがみついて動かないが、女の子は母親の膝に座ってあたりをきょろきょろ見回している。おそらく遅い昼食なのだろう。今日のパブでは、昼どきには勤め人が店の外に立って片手をズボンのポケットに突っ込んでビールを飲んでいる姿をよく見かける。店の中は満員なのだろう。しかし比較的空いている時間帯には主婦が幼い子どもを連れて昼食を食べに来たりする。パブは基本的にレストランを兼ねているのである。それはこの時代のエールハウスも同じと思われる。

本について議論している三人にしても、子ども連れで食事している若い母親にしても、そこには、安定した日常的な楽しみ、といったものが感じられる。あの後、彼らはそれぞれ次の日課に入ってゆくのだろう。それがどんなものであれ、一日に定められたプロセスを守る、ということが、とりもなおさず、生きる、ということなのだ。日常生活と簡単に言うが、それは容易なことではない。そのなかにささやかな楽しみがあれば何と幸福なことか。

どうしてそんなことを言うかといえば、ふいに、私が座右の銘としている「日課を失えばすべてを失う」という言葉を思い出したからだ。これは『シムベリン』でイモジェンが言う「毎日していることをどうぞしてください。日課を失えばすべてを失います」(*Cym.* IV. ii. 10)から得たものである。

これが言われる状況がまた面白い。王女イモジェンは男装して旅をしている途中で山に入り込み、そこで行倒れになりそうになっているところを洞穴で長い年月にわたって生活している三人の父子(とイモジェンは信じさせられる)に救われる。三人は狩りに出かけようとするが、イモジェンの体調を気遣って一人が後に残ろうとするのをイモジェンが諫めてこう言うのである。男三人の洞穴暮らしにも、守るべき日課はあるのだ。シェイクスピアは僅か二〇年ほどのあいだに約四〇編の長編戯曲を書いたが、それは他にもやるべきことがたくさんあるなかでひたすら日課を守って初めて可能になることだっただろう。このセリフは明らかにイモジェンを越えている。私はこれを心に刻んでいるのである。

それはそれとして、こちらも早く飲み食いがしたい。

男の子がふにゃふにゃ泣き出した。女の子が何か食べているのを見て、自分も食べたいと言っているようだ。母親がそれを取って与えると泣き止んだ。それを二人の母親が面白そうに笑って見ている。

16　リュート

耳のすぐ近くで楽器の音がしたので、振り返ると、近くの壁の前に座っている髭面の男がリュートの調弦をしている。

リュートはギターと同じ撥弦楽器で、琵琶のような卵型をしている。エリザベス朝で最も親しまれた楽器の一つである。エリザベス女王もこれを巧みに弾いたという。

リュートはいくつもの種類があるが、いちばん基本的なものでもギターと同じく六本の弦がある――と言いたいところだが、いちばん低い音程の弦を除く五本が実は同じ音程の二本から成っているので、全部で一一本もの弦がある。しかも極めて狂いやすい。羊の腸でできているので、一度調弦しても、温度や湿度がほんの少し変わっただけで狂ってしまう。リュート奏者は生涯の半分を調弦に費やしたと言われるゆえんである。

美人の生徒に教える順番をラテン語の教師とリュートの教師が争っているときに、その生徒がリュートの教師に「楽器をちょっと弾いていてください。調弦が終わるまでにはこの方の講義も終わるでしょうから」（*Shr.* III. i. 22）と言うのは、リュートの調弦がいかに時間がかかったかを暗示したものと受け取ることができる。

ようやく調弦が終って、男は、一呼吸おいてから、曲を演奏しはじめた。聞き覚えのある曲だが、作曲者までは思いつかない。ジョン・ダウランドか、アンソニー・ホルボーンか。

リュートの音は、なんと心の奥まで染みてくるものだろうか。リュートを聴いた男が、「羊の腸がこんなにも人間の魂を奪ってしまうのは不思議なことではないか？」（*Ado* II. iii. 59）と言う。この言葉もまた心に沁みるようだ。

クレオパトラがアントニーへの想いに浸りながら、「何か音楽を聴かせて。音楽は恋する者の悲しい心の糧だから」（*Ant.* II. v. 1）と言うとき、その心のなかではすでにリュートの音が響いていたに違いない。

それはそれとして、早く一杯飲みたい、と思っているときに、ウェイターが来る。このウェイターは髭が生えていないので、まだ相当に若いのだろう。

さあ、何にする？と言ったって、さしあたってはエールを飲むほかない。だって、ここはエールハウスなのだから。

しかし、正直に言って、私はエールというものを飲んだことがないのだ。だから、エールを注文した後も、何やら不安めいたものが私にはあった。

間を置かずに金属製の容器に入ったエールが来た。もっと上等の酒場ならガラスの容器で来るはずだが。容量は五〇〇ccぐらいか。

すぐにそれを飲む。

うん、まああというところ。何かの香料が入っているが、それが何かは私には分からない。とても口当たりがいい。喉がからからに渇いたときに冷えたビールをぐっとあおったときの、あの胃も腸もきゅーっと締め付けられるような快感はないが。

では、シェイクスピアの作品でエールがどういう扱いを受けているかといえば、たとえば、いたずら好きの妖精が、自分がどんないたずらを楽しんでいるかを自慢たらしく話すなかで、自分は「ときには焼きリンゴに化けてお喋り女の酒茶碗にもぐりこみ、飲んでいる最中に飛び跳ねてそのしわしわの胸元をエールでびっしょり濡らしたりするんだ」（*MND* II. i. 47）と言ったり、また、飲んだくれの鋳掛屋が泥酔して路上で眠っているのを発見した上流の男性が、「エールで体を温めていなければ、この冷たい寝床でこうもぐっすりと眠ることはできない」（*Shr.* Ind. i. 30）と言ったりするのは、エールにはもともと庶民の酒というイメージが定着していたことを示すものである。

どうせ自分は上流じゃないんだから、と多少ひがみっぽく考えながらエールを喉に流すと、エールのうまみが一層身に染みるように感じられる。

リュート奏者は何曲か弾いたあとで、突然、自らのリュートを伴奏に、歌い始めた。運のよいことに私のよく知っている曲で、しかも私の好きな曲だ。トマス・モーリーの

「ぼくは恋人が泣いているのを見た」。

しみじみと、これを聴く。

リュートは独奏もいいが、歌の伴奏に回ると、歌がいっそう映えるような気がする。伴奏に回って優れているということは、独奏楽器としても優れているということだ。そうでなければ、優れた伴奏ができるわけがない。劇の脇役俳優についても、また世間で補助的な役割を担っている人についても、同じことが言えるだろう。

リュートの優しさに支えられると、歌は静かな旋律が似合うようである。悲しみに沈む王妃が侍女に言う、「リュートを弾いてちょうだい。辛くて、心が沈んでいるの。歌って。そしてできれば辛さを払ってほしいの」（*H8* III. i. 1）。そして始まる歌を、王妃も、観客も、しみじみと聴くのである。

エリザベス朝の歌曲には「泣く」ということを主題にしたものが多い。ジョン・ダウランドにも、（日本語訳にすれば）トマス・モーリーの今の曲の題名と同じになる「ぼくは恋人が泣いているのを見た」という題の歌がある。歌詞もモーリーと同じものを用いている。何がそんなに悲しいのかというと、歌詞を読んでもあまりはっきりしない。彼女の顔は悲しみに満ちているが、明るい表情よりももっと見る人の心をとらえて放さないものがある、といった内容で、悲しみの原因などは問題にしていない。今日に至るまで人々の心をとらえて放さないダウランドの「あふれよわが涙」についても同じことが言える。悲しみのうちに美を見る、というのがいわば当時の時代精神だったようだ。

シェイクスピアには音楽への言及が多い。そのなかでも有名なのは、「心に音楽を持たない人、美しい調べに心動かされない人は、反逆、謀略、破壊に傾きがちだ」(*Merch.* V. i. 83) というもので、シェイクスピアと音楽との関わりについて考える人はまずこれを思い出すことになる。でも私のように悲観的な人間は、「甘美な音楽も、リズムが乱れ、調子が狂うと、なんと酸っぱくなってしまうことだろうか。人生という音楽もそうしたものだ」(*R2* V. v. 42) の方が、心に響くものがあるような気がする。

当時は、恋する男は、夜、リュートを抱えて好きな女性の住む家に行って、彼女の部屋の窓の下に佇んで恋の歌を歌う習わしだった。リュート奏者を連れて行って伴奏させる場合もあったし、さらに歌い手まで連れて行って歌わせることもあった。わざわざそうするのは彼女の気を引くためであって、まだ恋は本格的に始まっていないのである。だから、彼女の方にその気がない場合は、音楽も嫌がられたようだ。その気がない娘の母親が、「あの方ったら、毎晩あらゆる種類の楽師たちを連れてきて、あの子のために作ったって歌を歌わせるんですのよ。もううちの軒下には来ないでくださいって申し上げても、ちっとも聞いてくださらないんです」(*All's* III. vii. 39) と言うように、音楽がすべて心に届くとは限らないのである。

リュートが「恋の伴奏楽器」であったために、恋とは縁がない男にとっては忌々しい楽器だったようだ。「軍神までもがご婦人の私室でリュートの扇情的な音色に合わせて軽やかに踊っている」（*R3* I. i. 12）とは、自分には恋人などできるはずがないと思い込んだ男が、代わりに権力への野心を掻き立てながら言う言葉である。

気に入らない男が娘を口説いていると怒る父親が、「おまえは月明かりのなか、娘の窓の下で、気取った声で怪しげな恋の歌を歌いおったな」（*MND* I. i. 30）と言う場合も、その歌の伴奏はリュートであったに違いない。

私はリュート弾き語り奏者が次に同じトマス・モーリーの「若者とその恋人が」を歌ってくれることを期待したが、そう思い通りにはならなかった。

この歌はシェイクスピアの『お気に召すまま』で歌われるもので、弾けるような楽しさに満ちたものである。

トマス・モーリーとシェイクスピアは親しい間柄だったと考えられている。トマス・モーリーもこのあたりに住んでいたはずで、そうであれば二人は近所づきあいをしていたことになる。その関係で、モーリーはシェイクスピアの劇にいくつかの歌を提供したのだろう。

そればかりでなく、二人は連名で、政府に対し、印刷物への課税のありかたについて抗議文書を送っている。本が売れても出版屋が儲かるだけでほとんど著者の収入にはならなかったので、これがシェイクスピアにとってどれだけ実際的な意味があったか疑わしい。それでもモーリーは楽譜出版の特許を得ていて、自分だけでなく他の作曲家の作品も出版することができたので、まだ重要な意味があったと推測される。いずれにしても親しい二人が印刷物の税金について肝胆相照らしたのは当然と言うべきか。

このエールハウスでモーリーの曲を演奏するというのも、そうした二人の親密さに配慮したものかもしれない。

17　肉

いつのまにか入口の傍で食事していた二組の親子連れは姿を消している。店がだんだんに混んでゆくにしたがって、やはり男性の割合が多くなってきているようだ。

エールハウスにいる人たちを見ていると、なんだか劇を観ているような気分になる。それは、彼らが、あたりまえのことだがエリザベス朝の服を着ていることと関係がありそうだ。

男性の多くはチョッキのような上着を着ている。半袖のも長袖のもある。そして裾の閉じた緩い半ズボンを履いている。その上下服は靴下までを含めてダブレット・アンド・ホーズと呼ばれた。それはあまりに一般的であったために、しばしば男性の代名詞としても用いられた。女性が、浮気のからくりを知っている召使の少年にこれは秘密にしておくようにと念を押しながら、「この秘密をちゃんと守れば、そのことがあんたにとっては仕立て屋の働きをしてくれて、新しいダブレット・アンド・ホーズを作ってくれることになるのよ」（*Wiv.* III. iii. 29）と言うのは、ダブレット・アンド・ホーズを新調してあげることを約束しながら、それによって少年が一人前の男として認められることに一歩近づくだろうと示唆しているのである。

女性は裾が地面にまで達するワンピースを着ている。裾は緩やかだが、上半身は背中の紐で締め上げるようになっている。辛いことや悲しいことが起きると、「ああ、紐を切ってちょうだい。心臓が紐を引き裂いて、心臓自身も張り裂けてしまわないように」（*Wint.* III. ii. 173）と叫ぶのである。

見ていると、私の思い過ごしかもしれないが、彼らの身振りがやたら大袈裟だったり、ちょっとこそこそしてみたり、まるで役者の動きのようだ。まさかシェイクスピアを意識しているわけではないだろうが、私の目には彼らがそれぞれ「自分」という特別な役を演じているように見える。彼らが何かの役を演じているというよりは、私の目が観客の目になりきっているということなのだろうけれど。

『お気に召すまま』のジェイクイズの「この世は舞台だ。男も女も、すべて役者であるにすぎない」(*AYL* II. vii. 139)という言葉が思い出される。そして、『ヴェニスの商人』のアントーニオーとグラシアーノーの対話も。

「私はね、グラシアーノー、世間は所詮、世間でしかないと考えているんだ。舞台みたいなもので、皆がそこで一役演じなければならない。そして私の役は悲しい役なのだよ」

「僕は道化役を演じていた方がいいいな。楽しんで笑いこけているうちにしわだらけになるのがいい。ワインで肝臓を熱くしておきたいね。苦痛に呻いて心臓を冷やすんじゃなくて」(*Merch.* I. i. 77)

私もグラシアーノーと同感である。

追い詰められたマクベスは言う。

「生きることは、歩く影を演じるにすぎない。哀れな役者で、持ち時間だけ舞台の上で気取って歩いたり苛々したりするが、そのあとは音沙汰なしだ。阿呆が語る物語みたいなもので、騒音と怒りに満ちているが、何の意味もないものだ」(*Mac.* V. v. 24)

自分はどういう役を演じているのか、そして自分はどういう役を演じたいのか。人はそればかりを考えて生きているのではないか。

でも、この際、そういう面倒なことはさて措くとして、ここはエールハウスなのだから、飲み食いに関心を向けたい。

そう思って、あたりを見回してウェイターを探す。何か注文したい。

少し離れたところにウェイターを発見したが、彼は何やら忙しそうだ。テーブルについた五、六人の男性の客と談笑しながら、突然片手を突き上げて大きな声で何か言ったりしている。そのたびにその五、六人と、それから近くの客がどっと笑う。どうも劇の一節を叫んでいるらしい。彼は役者を兼ねているのか。生きていることが何かの役を演じることであるとして、その役がたまたま役者である場合は、さらに自分以外の数えきれないほどの役を演じなければならない。彼はまだ若くてほっそりした体つきで、主役を張るようなタイプには見えない。端役専門か。だいいち、髭がまだ生えていない。もし役者だとすれば、変声期以前には女役を務めていたのではないか。

中世からエリザベス朝にかけてはすべての女役を男が演じた。女性が舞台に上ることは禁じられていた。たとえばマクベス夫人やハムレットの母ガートルードなどは少年には荷が重すぎるので成人男性が演じただろうけれど、恋する年頃の少女の役は少年俳優が務めた。あのウェイターも、かつては若いヒロインを演じ、そして、優しい印象の顔立ちからして、これからは中年以上の女性を演じようとしているものか。

しかし男の役者が女役を演じるだけでは終わらない場合もある。シェイクスピアには女役が劇中で男に変装する設定が幾つかある。『ヴェニスの商人』のポーシャ、『ヴェローナの二紳士』のシルヴィア、『十二夜』のヴァイオラ、『お気に召すまま』のロザリンド、『シムベリン』のイモジェン等。男優が女役を演じ、さらに物語の必要に迫られて男になり、そして大団円でまた女に戻る。幕が降りれば男に戻るだけのことだ。そのたびに男女が反転する。おそらく観る人の意識のなかでは反転する度にねじれが生じて、完全に元に戻ったとは言い難くなる。そこに人は感覚の遊びを見出したのだろう。

考えてみれば、誰しも偶然に男か女かの役を振られてこの世に生まれてきただけのことであって、実は、自分が男か女か、ということは大した問題ではないのではないか。反転を願う人がいたって不思議ではない。

やがてウェイターは演説を切り上げてその場を離れ、奥に入って行った。あれ、取り逃がしたか、と思う間もなく、すぐにまた出てきた。まるで役者の入退場のようだ。今度は忠実にウェイターの役をこなすらしい。せっせと客からの注文を受けている。

さあ、何を頼もうか。

日本人はビールを飲みながら何かを食べることが多い。イギリス人にもいろいろな人がいるから一概には言えないが、ビールを飲むときはひたすらビールを飲むというタイプの人が多いようだ。

しかし私は日本人だから、何か食べたい。やはり、肉を食したい。

メニューを見ると、「牛肉の串焼きの芥子添え」(*Shr.* IV. iii. 23)、「鹿肉パイ」(*Wiv.* I. i. 176)、「内臓の炙り焼き」(*Shr.* IV. iii. 20)、などが並んでいる。

イギリス人は牛肉が好きでよく食べた。フランス人が憎々しげに「奴らに大量の牛肉と鉄の武器を与えれば、奴らは狼のように食って悪魔のように戦うだろう」(*H5* III. v. 149)と言うゆえんである。但し、当時のイギリスでは牛肉を食べすぎると頭が悪くなるという説があった。なんの根拠もないことだが、それだけ牛肉がたくさん食べられていたということなのだろう。「ぼくは牛肉が大好物でね。それがぼくの脳に悪い影響を与えたんじゃないかって思うんだ」(*Tw.* I. iii. 84)というセリフもあるし、民族の違う両親を持った男を「この混血の牛肉食らいの阿呆め！」(*Troil.* III. i. 12)と罵ったりもするのである。

では豚肉はどうか。

ユダヤ人は宗教の関係で豚肉を食べなかった。ユダヤ人のシャイロックはキリスト教徒から食事に誘われて、「ああ、豚肉の臭いを嗅ぐわけだな」(*Merch.* I. iii. 29)と言ってにべもなく断る。キリスト教徒も「ユダヤ人をキリスト教に改宗させたりすると、豚肉の値段が上がることになる」(*Merch.* III. v. 34) と心配したりする。豚肉をはさんで両者は冷たい視線を交わしていたようだ。値段が上がることを心配するぐらいだから、豚肉は日常的に食べられていたのだろうが、シェイクスピアにはあまり言及されない。

鶏肉の方がよく出てくる。

召使が犬に腹を立てている。彼によれば、「おれが食堂に入ったとたんにこいつがお嬢さんのお皿に跳びついて鶏の脚を奪ったんだ」(*Gent.* IV. iv. 8) とのこと。別の召使が食事の時間までに帰宅しない主人を呼びに行って、「鶏肉は焼け焦げて、豚肉は焼き串から落っこっちゃってます」(*Err.* I. ii. 44) と言ったりするところからすると、どうも鶏肉や豚肉の食べ方は現在とあまり違わないようだ。

鹿肉はちょっと扱いが違う。いつの時代でも鹿はジビエの代表であって、原則的には自分で狩りをして得るものなのだ。

何人か連れ立って狩りに出かけるときは、「最初に鹿を射止めた者が宴会の主役になるのだ」(*Cym.* III. iii. 74) と言って気を引き締める。鹿肉を誰かに献呈するときは、「もっといい鹿をさしあげたかったんですが。あれは仕留め方が悪かったんですね」(*Wiv.* I. i. 75) と言いわけを忘れない。

ジビエで鹿の次に思い浮かぶのは猪だろう。かつては鹿や猪がたくさん供される食卓を「豪勢」と形容したのである。「朝食に猪の丸焼きが八頭分出て、しかも食べるのはたった一二人だったって、これ、本当の話か?」（*Ant.* II. ii. 179）というセリフを聞くと、当時の観客は生唾を飲んだことだろう。

もちろん、羊肉も食べた。気性の荒い男が、料理人の出した料理を見て「何だ、これは。羊か?」（*Shr.* IV. i. 147）と確かめてから、それが焼き過ぎだと言って放り投げる場面がある。お調子者が、まさか本人がそこにいるとは思わずに公爵の悪口を言う、「もういちど言うけどね、公爵は金曜日に羊肉を召し上がるんだ」（*Meas.* III. ii. 175）。金曜日には肉は食べないことになっていたのだ。もっとも、この場合の羊肉には娼婦という意味合いも含まれているのだが。

私は牛肉の串焼きと内臓の炙り焼きを頼むことにした。遠くにいるウェイターに合図して来てもらったが、内臓の炙り焼きは売り切れましたと言われた。そこで牛肉の串焼きはあるか尋ねたら、あるとのことだったので、それを注文した。それから、エールのお代わりも頼んだ。

注文した物が運ばれてきたが、牛肉に芥子が添えてなかったのでちょっとがっかりする。それでも、牛肉の串焼きとエールの取り合わせは絶妙だ。喉を鳴らしてエールを流し込む。

18　魚

魚はメニューにないのだろうか？　という疑問が湧く。

イギリスも日本と同じ島国なのだから沿海漁業が盛んだろうが、シェイクスピアで魚と言ったとき、どちらかと言えば川魚を指す場合が多いようである。

高い崖の上から海を見下ろしているという想定で言われるセリフに、「海岸を歩く漁師たちがまるでネズミのように見える」（*Lr.* IV. vi. 17）とあるように、シェイクスピアでも海の魚が無視されているわけではない。しかし、「大きな海は怪物を育むが、小さな川はおいしい魚を食卓に提供してくれる」（*Cym.* IV. ii. 35）と言ったとき、そこでは漁場としての海は想定されていない。

日本では、少なくとも明治以前までは、海は何よりも魚を獲る場所だった。今でも「川魚」という言葉は一般的だが「海魚」という言葉があまり多く使われないのは、ただ魚と言えば海の魚に決まっているということなのだろう。

さらに日本では、海は外国から自国を守る「壁」として重要な働きをしていた。鎖国などというものも海なくしてはあり得なかっただろう。壁としての海の役割はイギリスにも言えることで、外国人からも、「大海に囲まれていて、水の壁を持つ砦として外敵の侵入を自信をもって跳ね返すイギリス」(*John* II. i. 26) と言われていた。イギリス王も「海は壁の役目をもってイングランドに仕えている」(*R2* II. i. 47) と言い、また「神と、それから神が我々に難攻不落の壁として与え給うた海とによって、我が国は守られるのだ」(*3H6* IV. i. 42) と宣言するように、海は貴重な防護壁だった。

しかし、それでもなお、イギリスにおいては、海は何よりも海上交通のための手段だった。イギリスと大陸諸国との関係は密接で、政治的・商業的・文化的な交流は国を運営してゆくえで欠かせないものだった。エリザベス朝当時、大学の「卒業旅行」として大陸を旅することは常識だった。海は、壁である以上に、交通路だったのである。

したがって、海から真っ先に思い浮かべるものが、日本とは異なる。

家でぶらぶらしている息子を試練のために外に出した方がいい、というときに、戦争に行かせる、ということと、大学に勉強に行かせる、ということと並んで、選択肢として、「遠くの島を発見しに行かせる」(*Gent.* I. iii. 9) ということがあげられるのを見ると、この時代の海はこういうものだったのかと感心しないわけにはいかない。

シェイクスピアにおける海は常に迫力がある。彼の最初の喜劇作品とされる『間違いの喜劇』の幕開けで死刑判決を受けた商人が語る自己の難破の情景から、最後の作品とも言われる『あらし』(『テンペスト』ともいう)の冒頭の海上の嵐の場面まで、幾たびか海が語られる。しかし、そこに魚はない。

海と違って、川について語るときには、真っ先に魚が出てこなくてはならない。郷里の川も歴史的に有名な川も、川としては同じだと力説するときに、「これら二つの川は、手の指がどれもお互いに似ているようによく似ていて、しかもどちらの川にも鮭がいる」(*H5* IV. vii. 31)と言うのである。

リア王が三人の娘に国土を三分割して与えようというとき、地図を示しながら、まず長女のゴネリルに、「この全領域の内で、緑濃い森と豊かな平原、それに豊かな川と広い裾野の牧草地を含む、この線からこの線までをおまえに与えよう」(*Lr.* I. i. 63)と言う。「豊かな川」が「魚がたくさん獲れる川」という意味であることは言うまでもない。

川魚は比喩としてもよく使われる。

結婚前に恋人を妊娠させてしまったために、当時の法令によって役人に引っ立てられてゆく男を見ながらの会話。

「あの人の罪って、何ですの?」

「他人の川で鱒を捕まえようとしたんだな」(*Meas.* I. ii. 82)

ここでは「よその家の娘」が他人の川の鱒にたとえられている。同じ鱒でも、男を指す場合もある。傲慢な自惚れ屋をとっちめてやろうと、彼の通り道に偽の手紙を落しながら女が手紙に言う、「そこでじっとしてるのよ。こちょこちょくすぐって捕まえなきゃいけない鱒がここに来るから」(*Tw.* II. v. 21)。こちょこちょくすぐられれば男はさぞ弱いことだろう。

父親がパリに遊学中の息子の素行を召使に探りに行かせるにあたって、息子のことを知っていそうな人には多少の嘘をついてでも情報を引き出すように指示して、「嘘を餌にして真実という鯉を釣り上げるってことだな」(*Ham.* II. i. 62) と付け加える。また、金持ちの老人から金を巻き上げようとしている男が、「もしウグイの稚魚がカワカマスの餌と決まってるんだったら、自然界の法則からして、おれが奴を食い物にしていけないわけはないだろう」(*2H4* III. ii. 325) と勝手な理屈をつけたりもする。

鰻も食べられていた。日本人は鰻と言えばほとんど蒲焼きしか思い浮かばないが、まさかイギリスには蒲焼きはなかっただろう。リア王が次女リーガンへの怒りが募って口をきくこともできないのを見て、道化が「叫べばいいんだ、おじちゃん。ちょうど賄いの女が鰻を練り粉でくるもうとして、鰻がまだ生きていることに気づいたときみたいに」(*Lr.* II. iv. 122) と言うことからすれば、鰻パイのようにして食べていたようだ。

つまり川が海より身近にあるので、川魚の方が思いつきやすかった、ということなのだろう。

といって、海の魚がシェイクスピアに出てこないわけではない。

内乱が続くために物価が急落しているから、「こうなりゃ土地だって鮮度の落ちた鯖ぐらいの値段で買えるぞ」（*1H4* II. iv. 355）と言うのは、日本で「鯖の生き腐れ」と言うのと同じで、鯖の鮮度が落ちやすいことを言っているのである。当時のイギリスにも〆鯖というものがあればどんなによかっただろう。あったかどうか、確かめてはいないが。

「穴子のウイキョウ添え」（*2H4* II. iv. 242）なんて料理もあって、穴子も食べられていたようだ。もっとも、生煮えの穴子は頭を悪くすると信じられていたそうだが。

ニシンはよく食べられていた。シェイクスピアにも言及が多い。ジュリエットと恋仲になってしまったためにキャピュレット家と争う意欲を失ったロミオを、友人のマーキューシオーが「はらわたを抜かれた干物のニシン」（*Rom.* II. iv. 38）と評する。気の触れた乞食のふりをしている男が、「悪魔がおいらの腹の中で塩ニシン二匹が食いてえと叫んでいる」（*Lr.* III. vi. 31）と意味もなく騒ぐとき、ニシンは不幸とか狂気とかの象徴に仕立てられているのである。

それはそれとして、川のものにしろ海のものにしろ、この店のメニューに魚はないようだ。おそらく新鮮なままで運ぶのが大変なのだろう。

19　市民

服装からしていかにも身分の高そうな二人の男性が遠くのテーブルで飲み食いしている。ああいう人は行きつけのタヴァーンがあっていつもはそこに行くのだろうが、たまにはエールハウスで飲むのも気分が変わっていいのだろう。きちんと座って、おだやかに微笑みながら、静かに話している。これよりずっと以前なら、しきりに爪楊枝を使ったはずだ。そうすれば周りの人から、「きっと、身分の高い人なんだろうな。歯のほじくり方でよく分かる」（*Wint.* IV. iv. 754）と言ってもらえただろうが、この頃ではその習慣は廃れている。というのも、以前は、よほどの金持ちでないと海外旅行に行かなかったので、まだ爪楊枝を使う習慣がイギリスに入ってきていなかった時期には、人前で爪楊枝を使うことが海外旅行経験者のしるしでもあったのだ。彼らは帽子に「飾り止めピンや爪楊枝を刺して」（*All's* I. i. 153）歩いたという。しかし、エリザベス朝も半ばになると、海外旅行も普通になって、その習慣は既にからかいの対象になっていた。「諸国漫遊の士が爪楊枝をくわえて吾輩の宴席に連なる。おれは腹がいっぱいになると、歯をスースーいわせながら、そのキザな自称外国通の爪楊枝野郎に問答を吹っかけるんだな」(*John* I. i. 189) なんてね。

私からちょっと離れたテーブルについている四人の男がなにやら議論を始めた。始めは穏やかだったが、すぐに口角泡を飛ばしてという感じになった。サー・ロバートとかエセックス伯とか言う声が聞こえるので、第二代エセックス伯ロバート・デヴルーのことを言っているのだろう。ちょうど彼が暴動を抑えるためにアイルランドに出向いているころなので、その作戦の良し悪しについて議論しているに違いない。エセックス伯はエリザベス女王の母方の血筋にあたり、また女王のかつての寵臣レスター伯ロバート・ダッドレーの義理の息子でもあったためか、エリザベス女王からひとかたならぬ好意を賜っていたのだが、軍人としての能力に十分でない面があって、いろいろ物議をかもしていた。エールハウスの話題では主役の地位を占めていたはずだ。

そのうち議論に加わる人が集まってきて、テーブルの周りは黒山の人だかりとなった。私にはよく聞き取れないが、エセックス擁護派はそのやんちゃ坊主的な人柄を支持し、反エセックス派はその作戦のまずさを非難しているに決まっている。

本についていて議論していた三人も、もはや本などはそっちのけで、エセックス論議に加わって興奮している。立ち上がって手を振ったり、両手をメガホンのように口に当てて叫んだりしている。

市民が政治について議論するのはとても重要なことで、これも酒場の機能の一つである。やがてこれがコーヒー・ハウスに引き継がれて、イギリスの議会政治がますます成熟することになる。

市民階級の出であったシェイクスピアが市民の視点からすべてを見ていたことは当然考えられる。

エリザベス朝は絶対主義の時代と言われるが、絶対主義は貴族政治から市民政治への移行期の一時的なもので、社会全体に市民の台頭が顕著だった。大きな力を持っていた清教徒もその中心は市民だった。当然、過渡的な現象として、貴族と市民との対立があった。『ヘンリー六世・第二部』のジャック・ケード率いる農民反乱は史実としてはこの劇が書かれるより一〇〇年以上も前のことだが、彼らは政治の腐敗と重税に抗議して立ち上がったのであって、「これは自由のための戦いだ。貴族とか紳士とかいう連中は一人も許さん」(*2H6* VI. ii. 176)というケードの言葉はエリザベス朝の観客にも訴えるものがあっただろう。ケードが教育への貢献が大きかった貴族を捕えて殺す前に、「おまえが名詞だとか動詞だとかの、キリスト教徒なら聞くに耐えないような忌まわしい言葉を連発する奴らを身近においていたってことは、いつだって証拠だてられるのだ」(*2H6* IV. vii. 36) と言うのを聞くと、そういう言葉を教室で連発しながら生きてきた私としては身の縮む思いがするのである。

『リチャード二世』で、王位を狙うボリングブルックはひたすら市民の御機嫌取りを心掛ける。リチャード二世が、「私とブッシーは彼が平民に恭しく挨拶しているのを見た。謙虚で親し気な物腰で、まるで彼らの心のなかにもぐりこむようにしているみたいだった」(*R2* I. iv. 23) と言うのは、それを脅威に感じているのである。ボリングブルックは時代を先取りしていたことになる。

市民は一人一人ではか弱い存在だが、集団となると俄然大胆になる。『ヘンリー六世・第二部』で、市民に好意的であった大臣が不当に暗殺されたことを知った民衆が宮廷になだれ込んで、部屋の向こうから、「国王陛下からご説明を頂きたい。さもなくば押し入りますぞ!」(*2H6* III. ii. 277) と叫ぶ。また、『ハムレット』で、レアティーズに率いられて宮廷に入り込んだ民衆が「我々が選ぶんだ。レアティーズを王位に即けよう!」(*Ham.* IV. v. 106) と叫んでいることが国王に伝えられる。集団であれば宮廷に押しかけることも辞さないのである。

『ジュリアス・シーザー』で、ブルータスは皇帝の位に即く野望を抱くシーザーを殺す。

それは共和制を守るためであり、ひいては市民の権利を守るためでもあるのだが、民衆はそれを理解せず、ブルータスを非難するアントニーの演説に心を動かされて、「シーザーを火葬に付して、その燃えさしで裏切者の家を焼き払おう」（*Caes.* III. ii. 256）と叫んで走り出す。そして結局においてブルータスを死に追いやる。

民衆はいつも付和雷同的でその主張は一貫性を欠くが、良くも悪くも集団としての力という点に市民の本質があると言える。「民衆は夏の蠅のように群れるもの」（*3H6* II. vi. 8）なのである。

『コリオレーナス』における市民は超貴族的なコリオレーナスに敵対する存在として描かれている。「犬どもめ、お前たちは何が望みなのだ、平和も戦争も気に入らないんだろう？　戦争となれば怖がるだけで、平和となれば威張るだけじゃないか」（*Cor.* I. i. 167）というコリオレーナスの言葉はそれなりに彼が憎む一般民衆の本質を衝いている。彼らは軽薄で利己的であり、コリオレーナスを誹謗して彼を追放の刑に陥れておきながら、彼が敵方に走ってローマが危うくなると、「おれたちは自ら進んで彼の追放に賛成したが、あれは心ならずのものだったのだ」（*Cor.* IV. vi. 145）などと理屈にもならない言い逃れをする。市民が政治に参加している古代ローマの共和制社会を描きながら、市民の力が強くなれば衆愚政治に陥るであろうことをこの作品は示唆している。しかしコリオレーナスが万が一にも権力を握るようなことがあれば専制政治に走るかもしれないという民衆の心配が否定されるわけではない。むしろ、その心配を裏付ける要素がコリオレーナスのセリフに満ちている。そればかりか彼は民衆の策動により自国での身の安全が脅かされると敵方に寝返りさえする。彼は母と妻の説得によりローマへの進撃を思いとどまり、その結果彼は敵方に惨殺されるが、それによってローマの共和制は救われたのである。シェイクスピアは衆愚政治の兆しに嫌悪感を示しながら、同時にそれしか採るべき選択肢がないことを示してもいる。つまり政治とは個人のあり方の問題ではなく何よりも制度の問題だということが、目立たないながらも、一市民であるシェイクスピアの掲げる鏡の奥には映っていたと考えられる。その同じ鏡がブルータスの悲劇を映し出したのである。

エセックス論議が終ったようだ。論客たちは、胸のなかにもやもやしていたものを発散させたからか、すっきりした顔でそれぞれの席に戻って行った。

まだここにいる誰も知らないが、エセックス伯はこの数年後に反政府暴動を起こすことになる。彼は自分がエリザベス女王からも愛想をつかされていることに焦りを感じていた。自分が市民のあいだで絶大な人気があると信じて、自分が立ち上がれば彼らが共に決起してくれると思ったのだが、誰一人として動かなかった。ここでは夏の蠅は群れなかったのである。エセックスは捕らえられて処刑される。
そのとき、このエールハウスでは、どんな議論が展開されることになるだろうか。

20　リコーダー

笛の音が聞こえる。見ると、少し離れたテーブルを囲んでいる四人の男性が、これからリコーダーの合奏をしようとしているところらしい。そういえば、いつのまにかリュート奏者は姿を消している。曜日の関係からか時間の関係からか店がすいているので、客同士で音を出すのも気楽なのだろう。

小さい四角いテーブルを四人で囲んで、それぞれがリコーダーを手にしている。ソプラノ、アルト、テナー、バスの四本である。テーブルの上には楽譜が置いてあるようだ。この頃の合奏用の楽譜は、特に四重奏用の楽譜は、一枚の楽譜を四人が四方からそれぞれのパートを見られるように作られていた。だから譜面台ではなく、テーブルの上に置かれなくてはならなかった。

リコーダーは手軽な楽器として人気があった。床屋の待合室には各種リコーダーと楽譜が常備されていて、順番を待つ客が合奏をして時間潰しをしたという。だからエールハウスにそれがあってもおかしくない。

当時は籠の鳥に歌わせるためにリコーダーを用いたので、それでリコーダーとは「歌わせる道具」という意味なのだという。他の男に成り代わって女性を口説いた男が、「私は小鳥に歌うように仕込んだだけだ。あとは小鳥をその所有者に返すだけだ」(*Ado* II. i. 216)と言うのも、この習慣を念頭に置いたものである。

シェイクスピアにも何度かリコーダーが出てくる。

結婚式の余興で村芝居の前口上が述べられると、それを花嫁がからかって言う、「ほんとうに、彼は子どもがリコーダーを吹くみたいに前口上を言ったわね。音は出ていても、調子っぱずれ」(*MND* V. i. 122)。

「噂」という役名で登場した寓意的人物が、自嘲的に言う、「噂なんてものは憶測、疑心、山勘が吹く笛みたいなもので、穴を押さえさえすれば誰にでも吹ける。そう、無数の頭を持っていて不協和音しか奏でられず、いつもふらふらしている鈍感な怪物である大衆にでも、簡単に吹き鳴らすことができるのだ」(*2H4* Ind. 15)。ここで笛と言っているのはリコーダーを指すのだろうが、簡単に音が出るということでリコーダーが軽く見られていたことは否めない。

ハムレットが唯一の心の友と信じるホレーシオに、「(君のように)感情と理性がほどよく混ざり合っている人間は、運命の女神が指で自在に穴を押さえて笛を吹くみたいに吹き鳴らすことはできない。そういう人は幸いなるかな、というところだな」(*Ham.* III. ii. 68) と言う笛とはリコーダーのことで、運命の女神がでたらめに人の運命を左右するのは子どもがリコーダーを吹くようなもので、「音は出ていても、調子っぱずれ」と言いたいのだ。

ハムレットはさらに、旅役者が演じる芝居への過剰反応によってクローディアスが父殺しの犯人であることを確信したあと、異常に高揚した気分のなかで、役者に「さあ、なにか音楽を! さあ、リコーダーを!」(*Ham.* III. ii. 285) と言い、さらに「こいつを吹くのは嘘をつくぐらいに易しい」(*Ham.* III. ii. 348) と言い添える。

リコーダーは音の出る原理は横吹きのフルートと同じだが、歌口に栓がついていて息を吹き込みさえすれば誰でも簡単に音が出せるので、昔から子どもの楽器という評価を与えられがちだったようだ。しかし音を出すことと音楽を奏でることとは別問題で、美しい音楽を奏でるのは難しいということ、そして修練を積めば美しい音楽が奏でられるという点で、リコーダーも他の楽器も少しも変わるところがない。エリザベス朝にも後のバロック時代にも、イギリスや他のヨーロッパ諸国で、時代を代表する作曲家たちがこの楽器のために競って名曲を書いたことがそれを証明している。

それでは、ハムレットが、リコーダーを吹くことは嘘をつくぐらいに易しい、と言っているのはどういう意味か？　ここで問題になるのは、嘘をつくのは易しいか？　ということだ。ハムレットは彼を取り巻く数々の嘘・欺瞞の類をことごとく見抜いてきたのであって、彼に対して嘘をつき通すことは至難のわざだった。彼が言いたかったのは、下手な嘘をつくことはリコーダーからただ音を出すほどに易しい、ということだったのだろう。なるほど、それなら納得できる。但し、それでその場の役者たちが納得したかどうかは、私は知らない。

四人の男たちが演奏を始めた。こういうところで演奏するだけあって、とても上手だ。ハムレットにもこれを聴かせたかった。

同属の楽器だけのアンサンブルをコンソートといった。たとえば本来合唱曲として書かれたものをリコーダー・コンソートで聴くと、歌もリコーダーも「息遣い」が命だから、違っている点よりも共通点が強く感じられて、そのため、ますます違っている点がいとおしくなってくる。

ああ、何を言っているのか分からなくなってきた。

音楽を聴こう。

何曲目かに、私もよく知っているメロディーが流れた。「木の葉は緑」だ。これは当時親しまれていた作者不詳のメロディーで、多くの作曲家がこれを主題にした曲を書いた。いちばん有名なのがウィリアウム・バードのもので、私もこれを聴くことが多い。今鳴っているのもバードのものに違いない。なんというか、陽のさすなかで木の葉がそよぐような軽快感がたまらなくいい。

但し、バードのものは五重奏だが、今演奏しているのは四人だ。それでもじゅうぶんに美しい。バードが聴いても何も言わないだろう。彼は極めて厳格な人だったが、同時に柔軟な一面も持ち合わせていたから。

バードのヴァージナル曲も聴いてみたいが、このエールハウスにはヴァージナルはないようだ。ヴァージナルはハープシコード、つまりチェンバロの類の鍵盤楽器で、エリザベス女王もこれを好んで弾いたという。エリザベス女王がヴァージン・クイーンであったことに因んでこの楽器名がつけられたという説がかつてはあったが、今では否定されている。ピアノが弦をハンマーで叩いて音を出すのと違って、これは弦をはじいて音を出すので、なんだか心を優しく、ときには狂おしく、引っ掻かれるような気がする。妻が別の男に優しくしすぎると言って嫉妬する男が、「まだまるでヴァージナルを弾くみたいに彼の手の平をいじっている！」（*Wint.* I. ii. 125）と言うのは、妻の指が他の男の心を引っ掻いていることを嫉妬しているのである。

ウィリアム・バードはウィリアム・シェイクスピアより二一年早く生まれ、シェイクスピアより七年後れて八〇歳で死んだ。音楽の才能をエリザベス女王に認められて王室礼拝堂のオルガン奏者となった。若くしてカトリックに改宗したためにたびたび告発されたが、彼の並外れた才能を高く評価するエリザベス女王の力でその度に危機を免れた。彼はカトリック教徒としてミサ曲やその他のカトリックを特徴づける音楽を書いたが、英国国教会のための音楽も書いた。そして、宗教音楽の最高権威者でありながら膨大な量の世俗音楽も書いた。そしてそのどちらもが、当時のヨーロッパの音楽水準に照らしても超一流のものだった。

ここで、あたかもウィリアウムついでと言わんばかりに、私の妄想にもう一人のウィリアムが侵入する。このウィリアムは今の話のなりゆきとはまったく関係ないのだが、それが妄想というものである。

それはウィリアム・アダムズである。

ウィリアム・アダムズはウィリアム・シェイクスピアと同じ一五六四年に生まれた。ロンドン市東部、テムズ川北岸のライムハウスというところで船大工の修行をしたのちに海軍に入り、一五八八年のスペイン無敵艦隊との海戦に軍人として参加する。その後、極東を目指すオランダ船に乗り込んで一六〇〇年、つまり関ヶ原の戦いの年に日本の豊後国に漂着し、家康の信頼を得て三浦按針の名で外交顧問の任につき、やがて船大工の経験を買われて洋式軍艦の建造にも従事する。一六一六年、シェイクスピアが没したのと同じ年に家康が亡くなり、その四年後にアダムズも日本で死んだ。

アダムズがオランダ船に乗り込んだのはシェイクスピアがいわゆる四大悲劇に手を染め始めたころで、いわば、シェイクスピアがその経歴の頂点にさしかかったころだった。アダムズも出来たばかりのグローブ座にシェイクスピア劇を観に行った可能性がある。また、日本では、出雲阿国が一六〇〇年代初めに京都や江戸などでかぶき踊りや勧進歌舞伎の興行を行った記録があるので、アダムズもそれを観てシェイクスピアを思い出したかもしれない。

そういうことを考えていると、エールがいっそううまく感じられる。アダムズもイギリスを離れるまではエールハウスの常連だったに違いない。もしかしたら、このあたりのエールハウスでシェイクスピアと顔を合わせたかもしれないのである。

21 インタールード

どうやらリコーダーの合奏も終わったようだ。四人の男たちは楽器をテーブルの上に置いて、雑談に入っている。四人とも髭を生やしている。生やし方はまちまちで、顔中が髭に覆われていたり、口髭だけだったり、顎髭だけだったりとか、思い思いである。そういえばこの時代の男はみんな髭を生やしていたようだ。肖像画がたくさん残っているが、髭のない男はないように思う。髭は成人男性の証しでもあったのだ。女性同士で男性の話をしていて、

「で、その男性の顎にはもう髭が生えているの？」

「まだほんの少しだけよ」

「でも、神様が恵んで下さるわよ、感謝する気さえあればね」（*AYL* III. ii. 203）

と言っているのは、その男性がまだとても若いことを意味している。一年間は男性とのいかなる関わりも持たないと宣言する女性が、「私は、これから一二か月のあいだ、髭も生えていないような求婚者には耳を貸さないことにします」（*LLL* V. ii. 817）と言うのも、髭が生えていないようでは男性の勘定に入らないと言っているのである。

しかし髭があればそれでいいというものでもない。「砂でできた階段みたいに当てにならない臆病者なのに、顎にはヘラクレスだとかいかめしい軍神マルスだとかみたいな髭をたくわえた奴はいっぱいいる」（*Merch.* III. ii. 83）とあるように、髭が単なる飾りに堕している場合がいくらでもあった。たとえば、弱虫でやせっぽちのくせに、「手袋職

人が皮を切るときに使う刃物みたいな、大きな丸っこい髭を生やしている」（*Wiv.* I. iv. 18）、そういう男のように。

多種多様な髭を見ていると、なんだか髭を道具にして自分の顔で遊んでいるような感じもする。ハムレットはオフィーリアに「君たちが化粧することについてはさんざん聞かされてきた。神様がそれぞれに顔を下さったのに、君たちはそれを勝手に作り変えてしまうんだ」（*Ham.* III. i. 144）と言うのだが、でも、男だって、相当なものではないか。もちろん、ハムレットにも髭はあった。その証拠に、彼は「おれは卑怯者か？ おれを悪党と呼ぶのは誰か？ おれの頭をぶち割り、髭を引き抜いて顔に吹きつけてくるのは誰か？」（*Ham.* II. ii. 566）と言っている。

これからリコーダー仲間のあいだでエール・パーティーが始まるのか、と思いきや、四人は立ち上がって、リコーダーをテーブルの上に残して、先ほどリュート奏者が演奏していた壁際までゆっくり歩いて行った。何か始まるのかな、と思ったら、突然一人が大声で喋り始めた。

私も多少は英語が分かるつもりだが、エリザベス女王の時代の英語を、その時代の発音で、しかも早口で話されたら、まったく分からない。もっとゆっくり喋ってよ、と言いたいが、そういうわけにもいかない。タイム・マシンに乗るみたいにして四〇〇年も後戻りしてしまった私が悪いのだ。

それでも、四人のあいだでのやりとりを聞いているうちに、ようやく聞き取った単語やフレーズを繋ぎ合わせて、ああ、あれか、と思い当たるものがあった。

それはエリザベス女王の父親のヘンリー八世の時代の宮廷音楽家ジョン・ヘイウッドが余技として書いた『四つのP』という題のインタールードに違いなかった。インタールードとしては代表的なもので、たまたま私がいるところでそれが演じられたからといって、それがただの偶然とも言い切れなかった。おそらく、それはお馴染みのレパートリーなのだろう。

私もそれを読んで中身を知っていたので、それから先はずいぶん聞き取れるようになった。

インタールードは音楽においては「間奏曲」の意だが、演劇用語としては「あいだの劇」ということになるので、「間狂言《あい》」という日本語訳がいちばん適当だろう。が、何の間なのか、はっきりしない。日本の狂言が能の二つの演目の間で演じられるように、ルネッサンス初期には二つの道徳劇の間で演じられたものと考えられる。その後は宮廷や貴族の館で余興として供された。「宮廷の娯楽にぴったりの愉快な見世物」(*3H6* V. vii. 43) とはインタールードを指したものだろう。それは宴会で出される料理と料理の間でのお楽しみだったらしい。そうであれば、エールハウスで演じられるのも特に不自然ではないということになる。

料理と料理の間をわざと空けることはもてなしの一つだった。どんどん料理を出せば宴会がすぐに終わってしまう。わざと時間を空けてそこにインタールードを入れることが最高のもてなしだったと考えられる。

長引かせるという要素は、娯楽には必須のものだった。わざわざ人を集めておいてすぐに終わってしまっては、遠くからやってきた人に失礼である。シェイクスピア劇にも長引かせるという要素があちこちにちりばめられていて、どこで、どういう観衆のために演じるか、で、上演時間を調節できるようになっていた。

但し、インタールードは一五〇〇年代の前半に盛んに演じられたもので、一五〇〇年代の終わりころにはあまり演じられなくなっていたはずだ。個人的なレベルで演じられたものがあったにせよ、それらは記録に残りようもなかったのだろう。

インタールードの定義はあってないようなもので、その中身を限定することは難しい。それはともかくとして、インタールードという語はずっと後まで劇の（特に寸劇の）代名詞として用いられた。『夏の夜の夢』で、公爵の結婚式で余興の寸劇を演じようという職人が、「ここに、公爵さまのご結婚式の晩に、お二人の前で演ずるインタールードに出演するのにふさわしいと考えられる者たちの一覧表がある。アテネ中から選りすぐった者たちだ」（*MND* I. ii. 4）と、根拠もなく自慢するところがある。このときの寸劇は宴会で演じられたという点ではインタールードに近いが、その内容は、駆け落ちした恋人同士が手筈が狂ってそれぞれが自殺するというもので、およそ結婚式の余興にはふさわしくないものである。また、『十二夜』で、傲慢でうぬぼれやのマルヴォーリオーを計略に引っ掛けて懲らしめた後で、道化が「私もこのインタールードで一役買いました」（*Tw.* V. i. 371）と名乗って出るが、ここでは完全に「一芝居」という意味でインタールードが使われている。

22　中世演劇

中世後期からルネッサンス初期にかけては、大別して二種類の演劇が存在した。一つは聖書を典拠としたもので、聖書をたくさんのエピソードに分割してそれぞれのエピソードを劇化したものや、聖人の伝説を劇化したものなどがあり、復活祭などの慶事に市民によって、特に職人組合によって上演された。もう一つが道徳劇であって、聖書と直接的な関係はないものの、キリスト教の教えを広めるために新たに物語が作られ、旅役者が地方を巡演して回るものとされた。そこでは登場人物はその人格や社会的な立場を示す言葉を寓意的な名前として与えられた。『タイタス・アンドロニカス』に、道徳劇を真似て三人の男女がそれぞれ「復讐」「凌辱」「殺人」という名前を名乗って他人を訪ねる場面がある。これら二種類の劇に共通して言えることは、どちらも基本的にキリスト教の教えを広め、強化するためのもので、そうでなければ当局から上演許可が下りなかったのである。

中世の劇はキリスト教の教えを広めるためのものだったが、市民が劇から受け取ったものは、もっと大きく、途方もないものだった。キリスト教が骨組みになっていたことは確かだが、肉付けの部分はすべて作者に、あるいは役者に任された。明らかに悪人として出てくる人物が、宗教的・倫理的な制約から解放されているために、伸び伸びとした、いわば破天荒な性格設定になっているのはよく分かるが、そればかりでなく、聖人とか善人とかの範疇に入る人物も、その「聖」とか「善」とかの範囲を超えた苦しみや悲しみを持つ者として描かれた。悪人とも善人とも決めかねる、いわばその中間でうろうろしている「普通人」が、とりわけ丁寧に描かれたことは言うまでもない。そこでは総体としての「人間」が表現されたのであって、そうでなければ民衆の熱狂的な支持を得るはずもなかった。

これらの劇がエリザベス朝演劇に、とりわけシェイクスピア劇に発展してゆくことになる。

シェイクスピア劇には、たとえば、『タイタス・アンドロニカス』のアーロン、『オセロー』のイアーゴー、『リア王』のエドマンド、『から騒ぎ』のドン・ジョンなどのように、明確な理由のない、いわば悪意のための悪意を行動の拠り所としている「悪人」たちが数多く登場し、その悪意を通じて人間心理の深淵を覗かせる。彼らは中世演劇の伝統を引いていると考えられる。そのことは、『ヘンリー五世』で、卑劣な男が「あんな奴は昔の劇に出てくる悪魔みたいなもので、木剣で叩かれて爪をはがされるだけのことだ」(*H5* IV. iv. 73)と評されることにも示されている。悪役と決めつけることはできないが、フォールスタフもこの系統にあることは間違いない。

ここで、ふいに、妄想がそれまでの進路から逸れて個人的な領域に入ってゆくのを私は抑えることができない。実は、私は聖書劇に出演した経験を持っているのである。この思い出を、私は、私の演劇への興味の出発点として心に秘蔵している。聖書劇について思いを巡らせれば、特に悪役について一言でも語れば、必然的にその思い出が混入してくることになる。

中世の劇で悪役、もしくは憎まれ役として代表的なのはヘロデ王だろう。シェイクスピアにも残虐で悪辣な君主として何度も言及されている。ヘロデ王はユダヤの幾多の王のなかでも「大王」と称され、壮大な建築物を数多く建造し、総計十人の妻を持ち、ローマ皇帝の顔色を窺いながらも、自己の地位を確保するために「ヘロデ王の血まみれの殺戮者ども」（*H5* III. iii. 41）を用いて幼児虐殺を敢行した暴君とされるが（それはこの際どうでもいいこととして）、私はこのヘロデ王を演じたのである。今にして思えば、あれは私の人生のハイライトだったのだ。

ここでこの思い出話を終えることができればどんなにいいだろう。しかし、始めてしまった以上、そういうわけにもいかない。

私は戦時中の生まれだが、戦後まもなく、私の家族は私が小学校に入る直前に引っ越しをした。たまたま引っ越して行った先の近所にキリスト教系の幼稚園があって、私はそこに途中入園して一年足らずを過ごした。その幼稚園ではクリスマスに園児たちが保護者の前でキリスト生誕劇を上演する慣わしがあり、私はその年にヘロデ王の役を与えられたのである。漠然とした記憶はあるが細かいことは覚えていない。その代わり、紙の王冠をかぶった幼い私が、友達の「役者」に取り囲まれて、床にぺたっと尻もちをついたまま、ぽかんと口を開けて天井を見ている写真が残っている。あれで権力に取りつかれた中年男の孤独をよく表現できたかどうか甚だ心もとないが、その後の私のあだ名が「デロデロ王」だったことだけは覚えている。園児たちは「ヘロデ王」とうまく発音できなかったのである。

このデロデロ王がその後の人生においても憎まれ役を演じ続けたのかどうか、私には判断することができない。少なくとも悪役でなかったことを祈るばかりである。

ここで妄想は本来の軌道に戻る。

聖書劇や道徳劇の他にエリザベス朝演劇誕生に大きな貢献をしたのが古代ギリシャ・ローマ演劇だった。ルネッサンス、すなわち文芸復興とは古代ギリシャ・ローマ文芸の復興を意味したのだから、これは当然のことである。エリザベス朝の小学校がグラマー・スクール（文法学校）と呼ばれたのはラテン語文法を教えたからであり、上級学校では古代ローマの演劇をラテン語で演じた。特に古代ギリシャの新喜劇と呼ばれたアリストファネスの喜劇をローマに移したものが好まれ、ロンドンの四つの法学院でも卒業生・在学生によって盛んに演じられた。それはキリスト教的倫理観によって縛られないという特筆すべき特徴があった。それは自由な世界だったのだ。

さらにインタールードがある。インタールードは寓意的な人物設定が多いという点では道徳劇の系譜を引き、まったく自由な世界であるという点ではローマ喜劇と共通するものがあった。インタールードが目に見えないかたちでエリザベス朝演劇誕生に大きな貢献をしたことは疑いない。

と言っているあいだにも、『四つのＰ』は進行している。

この題名は頭文字がＰの職業の四人を表している。それは巡礼者（Palmer）、免罪符売り（Pardoner）、医者（兼薬屋）（Potecary）、行商人（Pedlar）の四人である。彼らはたまたま集い、行商人の提案で、彼を審判者として、他の三人が嘘を競うことになる。いちばんの大嘘をついた者が勝ちというわけである。三人ともなぜか女性についての嘘をつく。まず医者が、あるてんかん持ちの女の治療のために彼女に浣腸をほどこし、尻に栓をしたところ、尻が「爆発」した際にその栓が十マイル飛んで堅固な城をこなごなに破壊し、下を流れていた川をその破片で埋めつくしたと語る。次に免罪符売りが、知りあいの女性が急死して、それがあまり急だったために、牧師に罪を清めてもらうことも免罪符を買うこともできなかったために地獄に落ちてしまい、それを憐れに思って、自分が地獄に出かけていって堕天使ルシファーに談判して彼女を地上に連れ戻したと語る。最後に、巡礼者が、自分は方々を旅したが、いまだかつてかんしゃく持ちの女に出会ったことがないと語る。それを聞いて、行商人は即座に巡礼者の勝ちを宣する。――という内容である。

つまり、言葉だけで動きがない。動きよりも言葉、という点に、シェイクスピアとの大きな共通点を見ることができる。また、職業名を名前として使用したのは、寓意的な設定とも、そうでないとも考えられ、過渡期の作品として興味深い。

さらに、話をする三人がいずれも超俗的な立場にありながらまったく俗な興味で女性を見ているという点に、そして彼らを裁くのが俗世間的な行商人であるという点に、強烈な諷刺がある。この諷刺のあり方の自由さがこの作品の主眼であって、嘘を競う部分はつけ足しでしかない。この自由さが、まさにエリザベス朝演劇を生んだのである。

それにしても、女性を話題にするだけで一つの芝居ができ上がっているとは、それだけで男のわびしさが表現されているとも言える。女性の話をしなければ男同士での会話が成り立たないのだ。

シェイクスピアには、たとえば貴族に仕える二人の従者が一〇〇行ほどにわたって女性の品定めの話をするところ（*Gent.* III. i. 277-374）があり、また、軽薄な男が若い女に同じく一〇〇行ほどにわたって処女性とはどうあるべきかについて説教するところ（*All's* I. i. 108-211）がある。いずれも物語の流れからは完全に逸脱していて、単に時間稼ぎの部分ともとれる。その部分だけをとれば、それは完全にインタールードなのである。いずれも女性をからかうような内容になっているのは、宗教や道徳の縛りから逃れた場所で、単純な男どもが無邪気にはしゃいでいるということなのだろう。

23　顔

髭面の四人はインタールードを終えて席に戻り、いよいよエール・パーティーに入った。得意のリコーダーと芝居を終えて飲む酒はさぞうまいだろう。彼らにとってエールハウスは単なる飲み屋以上の、人生の意義に関わる重要な意味を持っている場所に違いない。

彼らはエールをあおった後で、深めの皿に盛りつけた料理をとった。そりゃ、腹がへるだろう。いったいあれは何の料理か、と秘かに目をこらすと、どうやら煮物らしい。シェイクスピアに「ごった煮」というものが出てくるから、きっとそれだろう。ただし、シェイクスピアには「彼はごった煮が好きなんだ」(*Wiv.* II. i. 112) というセリフとして出てくるのだが、このセリフの前後からして、それは「彼は見境なく女が好きなんだ」という意味で言われている。そうすると、先ほどのインタールードが思い出されて、あの四人のなかでは今あれを食べることになんらかの理由づけがなされているのかしら、と疑われてくる。多分、考えすぎだろうけれど。

その隣のテーブルでは、四人の女性が「女子会」をしている。四人とも三〇前後といったところか。テーブルの上にはすでにエールのグラスの他に数々の料理が並んでいる。そして、女性だけの集まりでは酒も料理もひときわ味わいを増すのか、やたら盛り上がっている。おそらく、夫の留守中に女性だけで集まって気晴らしをしているのだろう。あのテーブルではさんざん男が笑いものにされて、あそこだけの特別なインタールードが演じられているに違いない。

シェイクスピアの妻もあんなふうだっただろうか。シェイクスピアは二〇代初め、三人の子持ちになったところで一人でストラットフォード・アポン・エイヴォンを出てロンドンに行き、演劇界に身を投じた。そして三〇になるかならないかのときにはもう一流の劇作家と認められていた。その後は、ロンドンと故郷を往き来しながら、故郷でその地域一番の豪邸を買って家族を住まわせ、ロンドンでも一等地に不動産を買った。妻からすれば言うことなしの夫だったのではないか。それでも夫婦仲はあまりよくなかったとの説もあるから、夫婦関係とは難しいものだ。――それは私の今回の妄想と関わりないことであるが。

女子会の四人のなかで私からいちばんよく見える位置と角度にある女性の顔は、外からの光線を受けて、とても美しく見える。特に、目が美しい。シェイクスピアにも女性の目を称えて「魅力的な目」(*MND* II. ii. 90)、「愛くるしい目」(*R3* I. i. 94)、「太陽のように輝かしい目」（*Gent.* III. i. 88）、「誘うような目」（*Oth.* II. iii. 23）など、いろいろある。また、それとは違って、「残酷な目」（*Tw.* V. i. 125）、「虚偽の目」（*Err.* IV. iv. 102）、「とりすました目」（*Ant.* V. ii. 54）など、あまり見たくない目もある。彼女の目はどれに該当するか。一方、男の目は大して問題にならない。せいぜい、「軍神マルスのような目」（*Ham.* III. iv. 57）といったところか。

彼女の眉は髪の毛がかかって見えないが、漢語に「蛾眉」という語があるように、きれいな眉は美人の象徴でもある。恋する若者は「溶鉱炉のような溜息をついて、恋する女性の眉に寄せるバラードを書いたりする」（*AYL* II. vii. 148）のである。

彼女の頬は見えるものの、光線の加減で色合いまでは見えない。一般的には女性の白い頬が魅力的とされた。特に白い頬にほんのり赤みがさしているのは「ダマスカスの頬」（*Tw.* II. iv. 113）と呼ばれてひときわ魅力的とされた。ダマスカス産のバラの花に因んだものらしい。「美しい女性は、絶妙な赤白配合の頬を持った、雲をも霞ませる天使、咲き誇るバラだ」（*LLL* V. ii. 295）だとか、「あれ以上に瑞々しいご婦人を見たことがあるかね？ 白と赤が彼女の頬でせめぎあっている！」（*Shr.* IV. v. 29）だとか。ちょっと仰々しい感じがするけれど。

鼻はよく見える。やや上向きの、よい形の鼻だ。

リア王に仕える道化がリア王に言う。

「どうして鼻が顔の真ん中にあるか分かりますか?」

「いや」

「そりゃ、二つの目を左右に配置するためですよ。そうすりゃ、嗅ぎ分けられないものだって、見分けられますからね」(*Lr.* I. v. 19)

これは、どの娘が親孝行でどれがそうでないかしっかり見極めなければならない、という意味だという。嗅ぐだけじゃだめだということらしい。

私の位置からはその隣の女性の顔は斜め横になるが、髪型のせいか、光線の具合によるものか、広い額がよく見える。英語のハイ・ブラウという語からすれば、ああいうのを「理知的」というのだろうか。これも美人の条件だったようだ。愛し合っているはずの男が他の女に心を奪われていることを知った女が、彼女と自分の顔を比較して、「彼女の額は低いけれど私のは高い」(*Gent.* IV. iv. 191)と言って、そこに僅かな慰めを見出す。クレオパトラも愛するアントニーが再婚したと聞いて狂乱状態に陥るが、使者から、その再婚相手について、「彼女の額はとびぬけて低い」(*Ant.* III. iii. 32)と聞かされて喜ぶ。日本でそこまで額が意識されているかどうか。

となると、唇についても何か言わずにはすまされない。「桜んぼうのような唇」(*MND*

V. i. 188)、「バラの唇」（*Tit.* II. iv. 24)、「深紅の唇」（*Rom.* II. i. 8)、「ふっくらした唇」（*Lr.* IV. iii. 21）等、表現も多彩を極める。

舞踏会の場で初めて出会ってキスを交わしたロミオとジュリエットの会話。

「こんなふうに、君の唇によって、ぼくの唇から罪が拭い去られたのだよ」

「だったら、あなたの罪が私の唇に移ったわけね」

「ぼくの唇からの罪が？ ああ、なんという甘美な告発か！ では、ぼくの罪を返していただきます」

「作法どおりにキスをなさるのね」（*Rom.* I. v. 106）

なんだか恥ずかしい。

24 パン／サラダ

「女子会」のテーブルの上にパンがのっている。彼女たちは若いときには「彼のキスは聖餐式のパンに触れるのと同じぐらい神聖なものです」（*AYL* III. iv. 12）などと考えたかもしれないが、今はどうか。それは聞くまでもない（？）ことか。しかし、今はどうであろうと、パンは重要な三つのＢ（ビール、ビーフ、ブレッド）のうちの一つだから、感謝して食べなければならない。壮絶な飢饉に襲われた他国を救うために船で小麦を届けた人が、「あなた方は我々の船には、トロイの木馬のように、貴国の滅亡を目指す血気にはやった連中が詰まっているとお考えかもしれないが、我々の船に積んであるのはあなたがたに必要なパンを作るための小麦です。これで飢えて死にかけている人々を救ってください」(*Per.* I. iv. 92) と言うことからも、パンが西洋にとっていかに基本的で重要な食べ物であったかが分かる。ジャンヌ・ダルクが城壁の上から、飢えに苦しむイギリス兵をからかって、「おはよう、戦士の皆さん。パンを作る小麦がさぞ欲しいことでしょうね」(*1H6* III. ii. 41) と言うのも、食物の代表であるパンを思い出させて、彼らの空腹をさらに刺激しようとしたのだろう。

たまたまウェイターが通りかかったので、パンを注文したいと言うと、少し待って下さい、ということだった。そう、パンは待たなければいけないのだ。青年が片想いの女性に早く会いたいとあせっていると、取り持ち役の老人が引き留めにかかる。

「パンを食べたければ小麦を挽くあいだぐらいは待たなきゃいけないよ」

「ぼく、待たなかった?」

「そう、挽くあいだはね。でも、ふるいにかけるあいだも待たなきゃね」

「待たなかった?」

「そう、ふるいのあいだはね。でも、まだ、発酵させる手間もあるしね」

「それも待ったよ」

「そう、そのあいだはね。でもまだ、それからってのがあってね。こねたり、形を整えたり、オーブンを熱くしたり、それから焼いて、それから冷ましてということもある、だって、そうしないと唇をやけどしちゃうからね」（*Troil.* I. i. 14）

女性をパンにたとえるのも面白い。焦って接近しようとするとやけどするということか。

まさかこの店は注文を受けてから小麦を挽き始めることはないだろうなと不安になった。

ところで、西洋のパンは日本の米飯に相当すると考えると、イギリスでは、いや、シェイクスピアでは米はどう扱われているのか興味あるところだが、シェイクスピアでは米はほとんど出てこない。妹からいくつかの買い物を託された男が、「それから米を買うんだっけ——待てよ、妹は米をどうするつもりかな?」（*Wint.* IV. iii. 38）と言うところはあるが。どうするつもりかなって、そこが知りたいのだ。

女子会のテーブルの上には卵料理もあるようだ。あれは卵のバター炒めだろう。「あの人たちはもう起きていて、卵のバター炒めが食べたいと騒いでましたから、まもなく出発するでしょう」（*1H4* II. i. 58）とあるように、朝食で食べられることが多かった。でも、エールのあいの手としても、まああいけるだろう。

あれこれ食べ物のことを考えているうちに、なにかさっぱりしたものが食べたくなった。そうだ、サラダがいい。

女子会のテーブルにサラダがあるか目を凝らすと、ああ、あった。テーブルの中央の鉢に盛ってある。

すでに若さの盛りを過ぎてかなりの年月の経ったクレオパトラが、若かった頃を「私がまだサラダのように分別も青っぽくて感覚も冷たかった日々」（*Ant.* I. v. 73）と形容するが、あの四人もそろそろ「サラダの日々」を懐かしむ年齢だろうか。

女子会のサラダにどんな野菜が入っているのか知りたい。しかし、近寄って覗き込むわけにもいかない。近寄らないまでも、こういつまでもじろじろ見ていると、目つきの悪いアジア人がいると警戒されるかもしれない。いや、既にその恐れは十分にある。といって、わざわざウェイターを呼んで、「サラダにはどんな野菜が入っているの？」と質問するのも気が引ける。私の好みからすれば、サラダにキャベツが入っているか聞きたい。ウェイターがそんな質問をせずに少しは口を慎んでほしいとでも言えば、「口を慎めだと？　なんだ、このキャベツ野郎め！」（*Wiv.* I. i. 113）と言ってやりたい。私にそんな胆力があるとはとても思えないのだけれど。

オリーブの実は食用油として尊重されていたことは言うまでもないが、実のままでも食べられていたから、サラダにも入っているかもしれない。オリーブはまた平和の象徴として重要な意味を持っていて、「私は剣とオリーブを併せ用い、戦争をもって平和を現出せしめ、平和をもって戦争を終らしめるつもりだ」（*Tim.* V. iv. 82）などという荘重なセリフにも出てくるので、サラダに入ってくれば謹んで食べるつもりだ。

彩りからいってもラディッシュは欠かせない。フォールスタフが、自分は強盗の大集団と闘ったと見え透いた嘘をついて、「もしあのときおれが五〇人ばかりを相手に闘わなかったとすれば、おれはやせっぽちのラディッシュ野郎と言われたって仕方ねえ」（*1H4* II. iv. 182）と言うのは、別にラディッシュが細いということではなく、ラディッシュには贅肉を落とす効能があると信じられていたからで、フォールスタフのセリフとしてこれ以上に滑稽なものはないという印象を与える。

ラディッシュが赤いとすれば、濃い緑の代表としてパセリが求められる。これは収穫が指先でできるということもあって、料理をする直前に摘みに行くこともあった。「ウサギに詰めるパセリを摘みに菜園に行って、同じ午後のうちに結婚してしまった娘を知っています」（*Shr.* IV. iv. 95）というのは、結婚なんてパセリを摘むのと同じぐらい手軽だと言っているのである。そう思わなければなかなか結婚に踏み切れない女性だっているだろう。でも、パセリを詰めたウサギを食べたいかと問われれば、ちょっと……。やはりパセリはサラダに添えたい。

じゃがいもも食べたい。日本ではポテト・サラダが一般的で、私も好きだが、おそらくこの店には置いていないだろう。逢引きの場に不倫相手が来たのを見て、フォールスタフが歓喜して、「ああ、空からじゃがいもの雨が降ればいい」(*Wiv.* V. v. 18) と叫ぶのは、当時、じゃがいもには催淫効果があると信じられていたからだという。そんな馬鹿な！と叫びたくなる。

タマネギはどうか。これは好き嫌いの問題だろうが、私は少量のタマネギの入ったサラダを好む。「実際、この程度の悲しみで出る涙だったら、タマネギでだって出るでしょうな」(*Ant.* I. ii. 167) とあるように、タマネギを切るときに出る涙はタマネギとは切っても切れない関係にあるが、その刺激性はサラダの味わいを深めることになる。

それで、サラダを注文する。ウェイターが怪訝な顔をしているところを見ると、サラダにも種類があるのだろう。しかし、何と言っていいか分からないので、それ以上は何も言わないでいると、ウェイターは黙って離れて行った。

やがて、パンと一緒に運ばれてきたサラダに、まるで宝石をちりばめたように何かの豆がちりばめられてある。「あの男は鳩がえんどう豆をついばむみたいにしゃれた言葉を拾い集めておいて、それをここぞとばかりに吐き出すんだな」（*LLL* V. ii. 315）という言葉を思い出しながら、それがえんどう豆かどうか分からないまま、私も鳩になった気分で豆をついばむ。とてもおいしい。

25　尻とり歌

カウンターの脇の細い通路から、さっき見た肥満体の男が出てきた。まだエプロンをつけているが、服はもっと改まった感じのものに変えてある。どうやらウェイターというよりはこのエールハウスの店主のようだ。

彼はすでに食事を終えてエールで喉を潤している女子会の四人に近づいて何か話しかけている。ずいぶん親しそうだ。

すぐにあの若いウェイターが近寄ってきて、店主の背後に立った。首から小太鼓を下げて、右手に太鼓のばちを持ち、左手には縦笛を持っている。英語でテイバー・アンド・パイプというあれだろう。強いて日本語にすれば「太鼓笛」とでもいうところか。一人で笛と太鼓の両方を演奏するという楽器である。喜劇役者のウィリアム・ケンプやりチャード・タールトンが得意としたという。このウェイターも喜劇役者としての訓練を受けているものか。ある男が、屈強な軍人だった親友が今では恋に溺れて軟弱になってしまったことを嘆いて、「おれの知る限りでは、あいつにとって音楽とはドラムと横笛だけだった。それがどうだ、いまではむしろ太鼓笛を聞きたがってるじゃないか」（*Ado* II.iii.12）と言うように、太鼓笛はもっぱら軽快な音楽に適していた。愉快な歌を歌って各地を旅して回りながら商品を売り歩く男が玄関先に来ているというので、召使が、「ああ、旦那様、もしいま玄関先に来ている行商人の歌をお聞きになれば、もう太鼓笛に合わせて踊る気にはなれないでしょうね」（*Wint.* IV. iv. 183）と言うことから、それが一般的に踊りの伴奏楽器として用いられていたことが窺い知れる。

突然、店主が歌い始めた。バリトンのいい声だ。背後のウェイターが太鼓笛で調子のよい伴奏を始めた。この笛には穴が三つしか開いてないのだが、そんなことを感じさせない正確な演奏だ。すぐに女性の一人が座ったまま相槌を打つように歌に加わり、すぐに別の女性が、そしてまた別の女性が、というように、まるで五人で歌の追いかけっこをするような合唱になった。店のあちこちから歌に加わる声が聞こえた。その賑やかなこと。これは輪唱とか尻とり歌とかいう類の歌だろう。確かキャッチと呼ばれたはずだ。『あらし』に、妖精エアリエルが太鼓笛でキャッチの旋律を奏でる場面がある。オリヴィア邸の執事マルヴォーリオーが真夜中にキャッチを歌う男たちを叱りつけて、「靴屋の歌うようなキャッチをありったけの声でがなり立てて、お嬢様のお屋敷をエールハウスにしてしまうおつもりか?」(*Tw.* II. iii. 89) と言っているように、キャッチはエールハウスにつきものだった。店主がキャッチの音頭を取るのも、サービスの一つなのだろう。

ひとしきり歌が続いた。

そこまではとてもいい雰囲気だった。しかし、そこでちょっと気分を損なうような事態が起きた。

奥から一人の女性が出てきて、険しい表情で店主に何か言い始めたのだ。

その女性は店主よりはずっと若いように見えたが、その態度からして、おそらく店主の妻なのだろう。言っている内容は分からなかったが、女子会の四人をちらちら見ながら喋っていることから察するに、亭主が若い女性の音頭取りをしていることがお気に召さなかったようだ。

すると、そこに別の女性が近寄ってきて、店主と大声で喋り始めた。妻の加勢にきたのかと思ったが、どうもそうではないらしい。今度は妻に何か言い始めたが、その口調のきついこと。けっこう年配の女性に見えるので、どうやら店主の母親らしい。夫婦喧嘩が始まったので、息子の加勢に来たのだ。

嫁と姑の確執という設定は、シェイクスピアにはあまり出てこない。『終わりよければすべてよし』のヘレナは夫バートラムの母とは嫁姑の関係にあるが、この母は嫁を溺愛しているので確執はない。『コリオレーナス』にもコリオレーナスの母と妻が出るが、妻がおとなしいせいか、口喧嘩のようなものは一度もない。ただ一つ確執と言えるのが『ジョン王』におけるジョン王の母エリナーとジョン王の亡き兄ジェフリーの妻コンスタンスとの争いであって、これは激烈を極める。店主の母と妻の争いもその類か。

そのうち、口喧嘩にも太鼓笛の合いの手が入るようになって、これも余興の一種だと知れた。そうと分かれば楽しんで見るだけだ。

それはいいのだが、この二人の女性が大口を開けて喋っていると、いやでも口の中が見えてしまう。そうすると、二人とも何本か歯が欠けているのが見える。姑の方は残っている歯の方が少なく、嫁の方も、ずいぶん若く見えるのに、何本か欠けている。まだ歯が欠ける年齢でもないのに、というのは現代人の勝手な思い込みで、昔は三〇代初めからでも歯が抜けるのは珍しくなかった。入れ歯も差し歯もなかった時代には、それは隠しようもなかった。ジュリエットの乳母が、「この子がまだ一四歳になってないってことは、私の歯の一四本にかけて誓ってもいいですよ、もっとも私にはもう四本しか歯がないけれど」（*Rom.* I. iii. 12）と言う。一三年だか一四年だかの昔にジュリエットに乳を与えていたということはこの乳母もまだそれほど年がいっていないということだが、それでも歯が四本しかなかったことになる。生きるということは、残っている歯の本数を数えることでもあった。だから、召使の老人が、「実際のところ、あなたにお仕えしているあいだに、私は歯が一本もなくなってしまいました」（*AYL* I. i. 82）と言うのである。

歯痛もひどく、「疼く歯に苦しめられて眠れませんでした」（*Oth.* III. iii. 420）とは誰しもが経験したことだった。やぶれかぶれというか、「かつて歯の痛みに耐えられた哲学者など一人もいない、どんなに神々について蘊蓄を傾け、運命だの不幸だのをあざ笑ってきた奴でもな」（*Ado* V. i. 35）と悪態をつくしかなかったのである。

だから歯を大事にしなければならないという思いには強固なものがあって、「あいつらに顔を洗って歯をきれいにしておくように言え」（*Cor.* II. iii. 62）などという大きなお世話みたいなセリフも飛び出すのである。

などと言っているあいだに、キャッチも余興ももう終わりになったらしい。夫婦も姑も引き上げていった。

ウェイターだけが、急にやることがなくなって、でももっとやりたかったのだというふうに、その場に立ったまま、太鼓笛をいじっている。

どうやらあのウェイターは店主夫婦の息子のようだ。店主の妻はあのウェイターの母親にしてはずいぶん若いように見えるが、この時代の女性の結婚年齢を考えれば、ありえないではない。たとえば、一三歳のジュリエットに、ジュリエットの母親が、「このヴェローナでは、あなたより若くて身分のある女性たちですでに母親になっている人がいくらもいるのよ。考えてみれば私だって、まだ未婚の今のあなたの年齢のときには、もうとっくにあなたの母親になっていたわ」（*Rom.* I. iii. 69）と言う。もしこれを字義どおりに解釈すれば、このときジュリエットの母親は二六歳かそれより下ということになる。だから三〇を過ぎたばかりのように見えるあの母親の息子がすでに一〇代の半ばを過ぎているとしても不思議ではない。

一方、父親の方はどうかと言えば、ジュリエットの父親は舞踏会で踊ることもせず、「おれだってかつては仮面をつけて美人の耳にごきげんとりの言葉を囁きかけたこともあった。もうずっとずっとずっと昔のことだ」（*Rom.* I. v. 21）と言い、いちばん最後に踊ったのが三〇年前だったかどうかで議論を始める始末である。いったいこの夫婦の年齢差はどうなっているのだ？

それでも、シェイクスピアは一八歳のときに二六歳のアンと今で言う「授かり婚」をしているのだから、当時の結婚といっても様々としか言いようがない。

26　娼婦

店内はまた元のざわめきに戻った。

そこで女子会も散会になったようだ。四人は立ち上がって、立ったままお喋りを続けている。だったら、まだ座っていればいいのに。

やがて、四人でカウンターの方に行って、若いウェイターと話し始めた。何かを相談しているようにも見える。そこで勘定を済ませたかどうかは分からないが、四人はそこから離れて、私の傍を通ってドアから外に出て行った。

すると、まるでそれを待っていたかのように、先ほど私がこの店に入ってきたときに目にとめた一人ぼっちの女性が、エールのグラスを持って立ち上がり、近くの別のテーブルの椅子に腰を下ろした。そしてそれとなくあたりを見回している。

五分ほどたって、彼女はまたふいに立ち上がって、グラスをそこに残したまま、少し離れたテーブルのところに行って、そこで一人でエールを飲んでいる男性の隣に座った。

私の位置からは二人の背中しか見えなかったので話が弾んだのかどうかは分からなかったが、しばらくして彼女は立ち上がって、グラスの置いてあるテーブルに戻った。

そしてまたあたりを見回している。

数分後に、彼女はまた立ち上がって、今度は遠くに男性の一人客を発見して、そちらに行ってまた話しかけたが、すぐに戻ってきて腰を下ろした。

ふいに、あの人は娼婦ではないか、という思いが私の頭に浮かんだ。もし違っていればずいぶん彼女に失礼な話だが、まあ、無責任な妄想男のこととして許してもらわなければならない。

エリザベス朝のイギリスではそのいわゆる「人類最古の職業」が盛んだったという。当時それは禁じられていたはずだが、それにもかかわらず大繁盛したようだ。

妄想に駆られたリア王が言う、「おい、そこのやくざな役人、その残忍な手を止めろ。どうして娼婦を鞭打つのだ? 自分の背中を打つがいい。罪があると言ってその女を打っているが、おまえだってその罪のおかげで情欲を満たしているではないか」(*Lr.* IV. vi. 162)。

つまり、罰する側も罰される側もそれによって恩恵を受けていたのだから、繁盛するわけだ。取り締まりも抜け道だらけだったのだろう。「牛には軛があり、馬には轡があり、鷹には鈴があるように、人間には情欲というものがある。」(*AYL* III. iii. 71) それは真実と言う他ない。

『尺には尺を』はウィーンが舞台になっているが、実際はロンドンだと思って間違いない。売春宿の雇人と客を前にした警吏が、「売春宿でやりたい放題をしているこいつらが国家の良民と呼ばれるとしたら、法律なんてないも同然だ」（*Meas.* II. i. 41）と苦々しげに言うのは、ロンドンのことを言っているのである。

そして、売春に梅毒はつきものだった。僧侶に扮して市内を視察して回った公爵が、「ここでは腐敗が泡立ち煮えたぎってシチュー鍋から吹きこぼれんばかりになっている」（*Meas.* V. i. 316）と言うとき、ここでのシチュー鍋は売春宿の意であると同時に、当時、蒸し風呂が梅毒の治療手段として用いられていたことを暗示しているのである。

人間嫌悪の権化となった男が娼婦に言う、「ずっと娼婦でいろよ。おまえを物扱いする奴らはおまえを愛してなんかいない。そいつらの情欲と引き換えに梅毒を移してやれ。おまえがついその気になる時があれば、その時間をうまく利用して、奴らを梅毒風呂に叩き込んでしまえ」（*Tim.* IV. iii. 84）。

しかし、梅毒がそれほど恐れられていたとも思えない。売春宿の女将を見た男が、「見ろ、見ろ。性欲廃棄業者のおばさんが来たぞ。おれはあいつの店でどれだけ病気を買い込んだかしれない」（*Meas.* I. ii. 41）と叫ぶのだが、どれだけ病気を買い込んでも、やはりそこに行くのである。肥満の大食漢であるフォールスタフが馴染みの娼婦ドル・テアシートに、「デブをこさえるのが料理人であるにしても、病気をこさえるのはおまえだ」（2H4 II. iv. 44）という言葉からは、梅毒の危険などものともしていないことが感じられる。

シェイクスピアに娼婦が登場することは多くない。売春があまりに一般的であったために、娼婦も特に注目されることがなかったということだろう。

『間違いの喜劇』と『オセロー』には並の娼婦より多少は「高級」なコーティザンと呼ばれる娼婦が出るが、特に男性を刺激するような役回りにはなっていない。『ヘンリー四世・第二部』にはフォールスタフの「お相手」の気が強くて純情なドル・テアシートが登場し、『アテネのタイモン』にもやたら威勢のよい娼婦が二人登場するが、決して重要な役ではない。『ペリクリーズ』では娼家が重要な舞台の一つになっているが、誘拐され、娼婦として売られてきた王女が、やってきた客に「こんな所に来てはいけませんよ」と説教して追い返すので商売があがったりになる、ということになっていて、まあ、笑ってしまうのである。

突然、例の女性が立ち上がった。そして、遠くや近くを見回している。

私は不安を覚えた。もし私に近寄って来たらどうしよう。私もさっきから一人でここにいるのだ。そういうときに何と言えばよいのか？

私の知り合いで、私と同じ年代で、私と同じように風采の上がらない男から聞いた話だが、彼があるとき新宿の裏通りを歩いていたら、後ろから近付いてきた女がねっとりした口調で誘いの言葉を掛けてきたという。振り返ると厚化粧をしたミニスカートの女だったという。

「それで、どうしたの?」

「誘うんだったら、ちゃんと相手を見てから誘えよ、って言ったら、足早に離れて行った」

それを思い出して、私の腹も決まった。「誘うんだったら、ちゃんと相手を見てから誘えよ」と言えばいいのだ。それを英語でどう言えばいいか?

考えていると、彼女はテーブルを離れて、まっすぐに私の方に歩いてきた。

私は全身をこわばらせた。

しかし、彼女は私をちらっと見ただけで、私の傍を通って、そのまま近くのドアから出て行った。

ちゃんと見ていたのだ。

27　寝取られ亭主

シェイクスピアでは情欲というものがそれなりに関心事になっているが、そこにはちょっとした特徴がある。それは、通常、情欲というと男性の側から見た話になってしまうが、シェイクスピアでは女性もその主体として扱われていることである。

狂気のリア王が言う。

「あそこで作り笑いをしている女を見ろ。顔だけ見ればまるで両足の境い目は雪のように清浄だと言いたげだが、そして貞淑さを気取って情欲という言葉を聞いただけで首を横に振るが、イタチや馬だってあれをやるときはあの女ほど荒っぽい情欲をむき出しにしてやりはしない。腰から上はなるほど人間の女だが、腰から下は半人半馬のケンタウロスだ。帯から上は神の領分だが、帯から下は悪魔のものだ。そこは地獄だ、闇だ。そこには硫黄の穴があり、燃えさかり、焼けただれ、悪臭を放ち、腐りはてている」(*Lr.* IV. vi. 120)

なにもそこまで言わなくても、と思わないでもないが、まあ、狂気なんだから仕方ない。

それでは男はどうなんだ？　と思うのだが、おそらく、男の情欲など今さらくどくど言うほどの価値もない、ということなのだろう。

たとえば、浮気ということに関して言えば、シェイクスピアでは浮気は妻の領分だという考え方が強い。

現実にストーリーの展開のなかで浮気が出てくるのは『タイタス・アンドロニカス』で王妃タモラがムーア人のアーロンと愛人関係になって子どもを産むことだけだろう。『リア王』でゴネリルとリーガンの姉妹がエドマンドを奪い合うということがあるが、それが浮気と言えるほどの段階に達していたかどうかは定かでない。『夏の夜の夢』で妖精の女王タイテイニアが頭部をロバのそれに変えられた職人のボトムといちゃつく場面があるが、だれもそれを浮気とは考えないだろう。それ以外では『オセロー』でデズデモーナが、『シムベリン』でイモジェンが、そして『冬物語』でハーマイオニが、夫以外の男性と関係を持ったとの濡れ衣を着せられるぐらいか。いずれにしても、浮気が妻を主体として考えられている点が注目される。

あとは会話の流れのなかで妻の浮気が云々されるだけだ。そして、それがとても多い。当時は妻は浮気をするものという固定観念があったようだ。ハムレットがオフィーリアに、一旦結婚してしまえば、「たとえ君が氷のように貞潔で雪のように純粋であろうと、君は陰口を免れることはできないだろう」(*Ham.* III. i. 136) と言うのも、それを示している。

ある青年が、自分の兄は母が浮気して作った子だから父の遺産を継ぐ権利はないと主張する。年配者が彼を諌めて、「もし君の母親が浮気をしたとすれば、それは彼女の過ちであって、その過ちは結婚するすべての男が被りうる危険でもあるのだ」(*John* I. i. 118) と言う。それは、母の浮気など問題にしていたら収拾がつかなくなるだけだから、うるさいことを言うな、という意味なのだろう。

妻に浮気された夫の額には角が生えると言い習わされていた——妻に浮気されたと信じた夫が、「自分の額をばんばん叩いて、出てこい、出てこい！と叫ぶ」(*Wiv.* IV. ii. 21) ように。その夫はカッコルドと呼ばれた。それは托卵の習性のあるカッコーからきたものだという。日本語では「寝取られ亭主」と訳されることが多い（現在でもその意味で用いられている）。そして、このカッコルドという語が、そして妻の浮気という話題が、やたらたくさんシェイクスピアに出てくる。

カッコルドになることは夫の宿命とされた、「いくら鳥がカッコーと鳴いたからって、おれはそんなんじゃないと誰が言えるか？」(*MND* III. i. 130) とあるように。そして、浮気された夫が常に笑いものにされた。カッコルドという発想自体が、妻に浮気されるような男をあざ笑っているのである。したがって、妻に浮気された（と思い込んだ）夫は妻を憎むよりも先に自虐にのめりこむことになる。

妻デズデモーナに浮気されたと信じたオセローが言う、「これは死と同じように振り払うことのできない宿命なのだ。我々がこの世に生を享けた瞬間に既に角が生えるという災難は決定づけられていたのだ」（*Oth.* III. iii. 279）。

ハムレットがオフィーリアに言う、「もし、どうしても結婚するというのだったら、馬鹿と結婚しろ。なぜなら賢い男は結婚すればどんな怪物にされてしまうかよく知っているからだ」（*Ham.* III. i. 142）。ここでの「怪物」とは言うまでもなく角の生えたカッコルドのことである。

同じことを冗談めかして言えば次のようになる。

「城壁で囲まれた都市が村よりも価値が高いように、結婚している男の額は何も生えていない未婚男性の額よりも尊いのだな」（*AYL* III. iii. 52）

いずれも男の側からの自虐の言葉ととることができる。

28　私生児

浮気をすれば子どもが生まれるかもしれない。いわゆる私生児である。浮気だけなら単に情欲の問題として片づけられるが、子どもが生まれると話は違ってくる。浮気は一時的なものであるとしても、子どもは長い年月にわたる問題だからである。そこには当然、子どもに対する愛情も関わってくる。

シェイクスピアに出てくる私生児は『ジョン王』のフィリップ、『から騒ぎ』のドン・ジョン、『リア王』のエドマンドなどがあるが、私生児の父親として登場するのは（赤ん坊を抱いて出てくるだけの『タイタス・アンドロニカス』のアーロンを別にすれば）エドマンドの父グロスター公爵だけである。彼はエドマンドの策謀によって両眼をえぐり取られ、事情を知らぬまま、当のエドマンドに、「父がお前を儲けた暗いよこしまな場所の報いで、結局、父は両眼を失うことになったのだ」（*Lr.* V. iii. 172）と言う。浮気の罰が自分に降りかかったのだと言っているのである。男の浮気がこういう扱いを受けることもないわけではない。しかし、それはむしろ例外と言える。

私生児もまた、たとえ単なる仮定的・強意的な表現においてであろうと、ほとんど常に女性の側の「子」として言及される。それが性差別的な発想であることは言うまでもないが、それがシェイクスピアの鏡に映っているということである。

息子が反逆罪を犯しているとして、それを国王に告発するのだと息巻く夫に、妻が抗議して言う、「あなたは私が不義を働いたと、つまりあれはあなたの息子ではなくて私生児なのだとお考えなのですね」（*R2* V. ii. 104）。

聞き分けの悪い兄を責める妹が言う、「まさかお母様はお父様を裏切ったわけではないでしょうね。だって、お父様の血筋であなたのような歪んだでたらめな子どもが生まれるはずはありませんもの」（*Meas.* III. i. 140）。

男性の側からの発言もある。父親が殺されたことを憤る男が他からなだめられて言う、「いま血を逆流させずにいられるようなら、そんな血は私を不義の子として父に訴えるでしょう。そして私の産みの母の穢れなき貞潔な額に淫婦の刻印を押すでしょう」（*Ham.* IV. v. 117）。

さらに、「お会いできて嬉しうございます」と言う次女リーガンに、リア王が、「もしおまえが私に会って嬉しくないようなら、すでに墓に入っているおまえの母親を自分は姦婦として離縁してやるだろう」（*Lr.* II. iv. 131）と言うのである。

いずれの場合も、母親の不貞を現実のものとしているわけではない。それはＤＮＡ鑑定などというものがなかった時代には父親が確かに父親だと証明する手立てもなかったことからくる一種の概念上の遊びと捉えることもできるだろう。

旧友の息子に初めて会った男が、「あなたの母上は結婚の誓いに忠実であられたようだ、あなたの父上と生き写しのあなたを身ごもられたのだから」（*Wint.* V. i. 123）と言う。「あなたはお父さんにそっくりだ」と言えばそれですむのに、なんでわざわざ結婚の誓いまで持ち出すのか、という点に滑稽さまで覚えるが、それは、父親を特定するには顔を見る以外に方法がないという時代の切実な表現だったのだ。「おまえは父親の顔を受け継いでいるね。正直者の自然が、あわてないで丹念におまえの顔を仕上げてくれたわけだ」（*All's* I. ii. 19）という言葉も、言外に、おまえの母親が浮気をしなかったのは確かだ、と言っているのである。亡き獅子心王リチャード一世に似ている青年を一目見ただけで、リチャード一世の母親が、「彼は獅子心王に似ている。話し方もそっくりだ」（*John* I. i. 85）と言って、彼が獅子心王の息子であることを即座に「認定」してしまうのは、あまりにも短絡的と思わないではいられない。

シェイクスピアより一世代後の劇作家のウィリアム・ダヴィナントは自分はシェイクスピアの私生児なのだと宣伝していた。そのときにはシェイクスピアはもうこの世にいなかったので勝手なことが言えたのだろう。ダヴィナントによれば彼の生家はオックスフォードで旅館を経営しており、オックスフォードがシェイクスピアの実家のあったストラットフォード・アポン・エイヴォンとロンドンとの中間地点にあったことから、シェイクスピアは実家とロンドンのあいだを往復するときいつも途中でその旅館に泊まり、そのときに彼の母親と関係ができて彼が生まれたという。これが広く信じられたという記録も彼がシェイクスピアに似ていたという記録もないようだが、自分の宣伝のためには母親の名誉を損なうことなど何とも思わない、というところに、あるいは当時の時代風潮があったのかもしれない。

29　女性の強さ

女性は結婚すれば必ず浮気をするものだ、という思い込みがそのまま事実を反映したものだったとは考えにくい。『間違いの喜劇』で、エイドリアーナが、夫が女遊びをしているのを非難して叫ぶ、もし私が浮気などすれば「あなたは私に唾を吐きかけ、蹴とばし、亭主の面汚しをしやがってと叫び、私の額から汚れた娼婦の皮をはぎ取り、私の偽りの指から結婚指輪を切り取り、離縁してやると叫んでその指輪をぶち壊すことでしょう」（*Err.* II. ii. 134）。こう叫ぶからには妻は浮気をしないという前提があったのだ。彼女の言う「どうして男の人は私たちよりも自由でなければならないの？」（*Err.* II.i.10）は男性優位社会への最も基本的な抗議の声だったのである。

仮に女性が浮気をするとすれば、その相手を務める男性が存在するということなのだから、女性だけがとやかく言われる筋合いのものではない。男について言わないのは、それがあまりに当たり前のことであって、わざわざ言うほどの価値もない、ということなのか、あるいは、当時の男社会にあっては、妻の浮気を特に問題視したがるということだったのか。いずれにしても、妻の言い分としては、つがいの相手を変えないとされる山鳩を引き合いに出して、「節操の固い男を一人見つけるよりふしだらな山鳩二〇羽を見つける方がまだ簡単だわ」(*Wiv.* II. i. 77) と言うのは当然で、「亭主たちに知らせなきゃいけない、女房のやるいけないことはみんな亭主に教わったのだと」(*Oth.* IV. iii. 102) とは、妻の側からの当然の発言だったと考えられる。

それはそれとして、シェイクスピアを読むと、妻の浮気という妄想を夫が楽しんでいたようにも思えるのである。

イアーゴーはオセローを憎む理由として、自分が期待していた副官の地位をオセローがキャシオーに与えてしまったことを挙げるが、まるで付け足しのようにして、「おれはあの色気違いのムーアめがおれのベッドにもぐりこんだんじゃないかって気がするんだ」(*Oth.* II. i. 290) と言い、そしてさらに、「おれはキャシオーがおれのナイトキャップを勝手にかぶったんじゃないかと思うんだ」(*Oth.* II. i. 302) と言って、妻のエミリアがオセローともキャシオーとも浮気をした可能性があると示唆する。しかし、これがあくまでも付け足しの理由として言われることに意味がある。イアーゴーとエミリアはとても仲の良い夫婦で、エミリアが浮気をするなどはありえないというふうに物語が展開する。明らかに、イアーゴーは、妻の浮気という妄想を楽しんでいたのだ。

男ばかりではない、女もまた妻の浮気という妄想を楽しんでいたと思われる節がある。ポーシャが、求婚者の一人がやたらに馬好きであることについて、「あの方のお母様は蹄鉄職人と浮気をなさったんじゃないかしら」（*Merch.* I. ii. 41）と言ったり、未婚の女性が他人から「あなたが結婚すれば、その年には角を生やした亭主が一人確保されることは受け合いですね」（*LLL* IV. i. 110）と言われて嬉しそうにその冗談に応じたりするのである。

その裏には、女はただ卑屈に男に従っているだけの存在ではない、という女の意地とか誇りとかが見えるようだ。「もし女に反抗精神がなければ馬鹿にされるだけのことだわ」（*Shrew* III. ii. 218）とはすべての女性が心に秘めた思いだっただろう。

『お気に召すまま』のヒロインのロザリンドが男装したまま女の役割を受け持って（ああ、ややこしい！）、恋するオーランドーと次の会話を交わす。

「カタツムリは運命を先回りして準備しているのよ」

「え、何を？」

「角よ。あなただって当然奥方からそれを貰うことを予期しなければならないのよ。カタツムリは前もって準備して、奥さんの浮気に先回りしているわけよ」（*AYL* IV. i. 54）

ロザリンドはさらに言う、「自分の過ちを夫のせいにできないような女には子どもの世話はさせられないわ。だってそんな女は子どもを阿保に育ててしまうでしょうから」（*AYL* IV. i. 164）。

ロザリンドの言葉にはある種の激しさが感じられる。

そしてさらに、クレオパトラの侍女が言う、「ハンサムな男が浮気っぽい妻を持っているのを見ると胸つぶれる思いがするけれど、見てくれの悪い男が貞淑な妻を持っているのを見るのも死ぬほど辛いわね」（*Ant.* I. ii. 68）。ここでは外観だけで男が分類されている。女だって見てくれのいい男に魅かれるのであって、「選ぶ」のは男にだけ与えられた特権ではない、と言いたいのだろう。

『終わりよければすべてよし』のヘレナが、自分を嫌って一度もベッドを共にしようとしない夫と、他の女のふりをして暗闇のなかで関係を持った後で、「男性って、なんて不思議な生き物でしょう！ 夜の闇のせいで相手を取り違えてさえいれば、嫌っている女とだって快楽を味わえるなんて」（*All's* IV. iv. 21）と言う。それは、こんな不思議な生き物と付き合うにはそれ相応の強さがなければならないと自らに言い聞かせているのである。

ヘレナに限らず、シェイクスピア劇の多くの女性たちは男性との間の取るべき距離を測りながら生きているように思われる。それが彼女たちの強さにつながっているのである。

たとえばヘンリー六世妃のマーガレットは（『ヘンリー六世』三部作と『リチャード三世』の）計四作品に登場するシェイクスピアで唯一の人物だが、彼女には妻は夫に従うべきだなどという観念は露ほどもない。彼女は夫ヘンリー六世が戦いに消極的であるのを見て自ら軍を率いる。彼女は「通常、女性には見られぬほどの果敢な勇気と大胆な気質」（*1H6* V. v. 70）の持ち主である。「夫を支配している女性は称賛に値する」（*LLL* IV. i. 39）のであれば、彼女は称賛されなければならない。

ハムレットは、父の死後すぐに叔父のクローディアスと再婚した母ガートルードへの憤りを口にしながら、「弱さというものよ、お前の名は女だ」（*Ham.* I. ii. 146）と言うが、夫の死後すぐに再婚することが女の弱さを表していることになるかどうか。それは強さとも言えるのではないか。ハムレットの言葉には、女性には弱くあってほしいという男性一般の願いが込められているように思われる。

男女の違いについて一般論を打ち立てることは困難で、それは無謀（もしくは危険）でさえあるのだが、少なくとも幼い子どもについて言えば、女の子の方が性格的・身体的に強いというのが世間的な「印象」ではないか？（シェイクスピアも女の子二人、男の子一人の三人の子持ちだったが、男の子は幼くして亡くなっている。）

そのせいかどうか、舞台上で哀れな役を振られるのは多くは男の子のようだ。『タイタス・アンドロニカス』では王妃と黒人奴隷とのあいだに男の子が生まれて悲しい運命を辿り、『ヘンリー六世・第三部』ではエドワード四世の幼い息子二人が暗殺者によって殺される。『ジョン王』では監禁されている王子が逃れようとして高い塀から飛び降りて死ぬ。『マクベス』ではマクダフの幼い息子がマクベスの放った刺客によって刺殺される。さらに『冬物語』では幼いマミリアスが父レオンティーズの受けるべき天罰を肩代わりするかたちで死ぬ。一方、女の子はどうかというと、マミリアスが死んだ直後に生まれた妹パーディタは捨てられて羊飼いに育てられ、最後には幸せになる。『ペリクリーズ』では嵐の船上で産み落とされた娘マリーナが幾度かの危機を乗り越えて幸せを掴む。『テンペスト』のプロスペローの娘ミランダも赤ん坊のときに父と共に船に乗せられて海上に放り出されるが、絶海の孤島で逞しく育つ。男の子の弱さ、女の子の強さがそれぞれ舞台効果を高める方向で機能していると考えられる。

仮に女の子の強さが天与のものだとすれば、それは成長した後まで持続するはずである。しかし、持続はするものの、それが男性優位社会のなかで抑えられてきたことは否定できない。

シェイクスピア劇では、女性は多くの場合、男性を助ける立場を強いられる。原則的には女性が男性を救えるか否かで喜劇か悲劇かが決まるとも言える。喜劇の多くは、ヒロインの明るさ、聡明さ、行動力が主人公の男性を救う筋立てになっている。一方、悲劇では、たとえばオフィーリアはあまりに弱いのでハムレットを救うことができない。デズデモーナは事情を知らされないためにオセローを救う機会を逸する。コーディーリアは父リア王を救おうとするが、フランス王家に嫁いだ身でもあるし、姉二人の悪意が強すぎることもあって、救えない。マクベス夫人は夫を救う意欲を持ちながら基本的な考え方を誤ったために夫を死に追いやることになる。

いずれにしても、女性はいつも、さあ、男性を救いますか？　救いませんか？　と聞かれているのであって、彼女自身の事情が気遣われているわけではない。つまり、補助役を強いられているのである。そのことに対しての憤りがシェイクスピアの描く女性には感じられる。強さが憤りを支えているのである。

などと考えているあいだに、店がずいぶん混んできた。時間が遅くなってきて、これからいよいよ本格的な酒場の雰囲気になるのか。

あそこにこのエールハウスの店長が所在なげに立っているのが見える。店が賑やかになってきているのに、彼は黙ったままだ。少し離れた所にいる店長の妻はなにやら忙し気だというのに。

ふと思いついたのだが、男装したロザリンドが従姉妹のシーリアに言う「私が女だって知らないの？ 思いついたら言わないではいられないのよ」（*AYL* III. ii. 245）は、女性の強さの一つを表現したものではないか。「喋る」ということは、疑いもなく、女性の強さなのだ。

国王と家臣との会話。

「この間抜けめ。女房を黙らせることもできなければ、縛り首にでもなるがいいんだ」

「そんな大仕事ができないからといって縛り首にしてたら、陛下に家臣は一人もいなくなるでしょうね」（*Wint.* II. iii. 108）

シェイクスピアでは、喜劇でも悲劇でも、女性は恋人よりも、あるいは夫よりもはるかによく喋る。そして喋っていることの中味が濃い。たとえ筋立ての上では補助役を強いられようと、喋ることによって主役の座に着こうとしているかに見える。

どうしてそういうことを思いついたかといえば、店長の妻がよく喋るからだ。彼女が出てくると、すぐに夫やウェイターや客に話しかけて、その場を明るくしている。彼女がいるといないとでは店の雰囲気がまるで違う。店長も妻には頭が上がらないようだ。

彼女こそ、この店の主役なのだ。

30　ヴァイオル

狭い通路から別の四人の男が出てきた。それぞれ手には大小の弦楽器を持っている。よく見なくてもそれがヴァイオルであることは察しがつく。リュート、リコーダーとくれば次にヴァイオルを期待するのが自然の成り行きというものである。それほどヴァイオルはイギリスで、というより、ヨーロッパ全体で、広く愛されていた。

ヴァイオルは英語での名称で、フランス語ではヴィオール、イタリア語ではヴィオラ・ダ・ガンバという。ドイツでもヴィオラ・ダ・ガンバと呼んだからか、日本を始め世界の多くの国でこの呼び名が使われている。

形は似ているが、ヴァイオル属とヴァイオリン属とは発生からして異なる系統の楽器である。バロック期になるとヴァイオルといえばバス・ヴァイオルを指すほどバスが多く用いられたが、ルネッサンス期まではどの大きさのものも同じように用いられた。

今入ってきた四人が持っているものを見ると、ヴァイオリンに相当するトレブル・ヴァイオル、ヴィオラに相当するテナー・ヴァイオル、チェロに相当するバス・ヴァイオルをそれぞれ手にしている。一人で二つ持っているのもいる。バス・ヴァイオルは大きいので、それ自体が人間のように見える。威張って歩く役人が「皮のケースに収まったバス・ヴァイオルのように歩く」（*Err.* IV. iii. 22）と言われるのも無理はない。

四人はリコーダーの四人が宴会をしているテーブルの脇を通るとき、立ち止まって、親しげに会話を交わしている。八人とも髭を生やしているので、髭の品評会のようだ。ヴァイオルの四人の方が統一性のある、ちょっとあらたまった服装をしているので、こちらの方がプロに近いのかなという気がしないでもない。しかし、確証はない。

エリザベス朝のイギリスでは、中流以上の多くの家庭には通常六つの大きさの違うヴァイオルを収めた「ヴァイオルの箱」と呼ばれるものが備えられていた。これだけあれば、親しい人たちがどの家に寄り集まろうと、いろいろな編成でヴァイオルの合奏を楽しむことができただろう。

『十二夜』のなかで、馬鹿の見本のようなサー・アンドルー・エイグチークが飲んだくれのサー・トビー・ベルチから「彼はヴィオル・ドゥ・ギャンボイズを弾くんだ」（*Tw.* I. iii. 25）と紹介される。ヴァイオルのことをヴィオル・ドゥ・ギャンボイズと言っているのはわざと気取ってガンバをギャンボイズに崩したのだろう。役者によってはこれをさらにフランス語風に崩してギャンボワと発音することもある。サー・アンドルー・エイグチークがヴァイオルを巧みに弾いたとはとても信じられないが、上演に際して彼はヴァイオルを持って現れることが多い。

但し、ここで注目されるのは、シェイクスピアで最も人気のあるヒロインが『十二夜』でヴァイオラと名付けられていることである。彼女の名前はスミレつまりヴァイオレットからきたものだと一般に考えられている。スミレの意味でヴァイオラという語が使われることもあったし、この劇の冒頭で恋に苦しむ公爵が音楽を聴きながら「ああ、この音楽は川土手のスミレの香りを盗んだり与えたりしながら吹く甘い風のように私の耳までやってくる」（*Tw.* I. i. 5）と言うので、ヴァイオラというヒロインの名前がスミレから来ていると考えることに無理はない。だが、ヴァイオラは楽器ヴァイオルを女性名詞化したもので、当時の観客が彼女の名前を聞いてまっさきにこの楽器を思い浮かべたことは当然考えられる。こうなると、美しく聡明なヴァイオラと馬鹿なエイグチークが楽器ヴァイオルで繋がれていることになる。

しかし、この二人を繋ぐものは他にもある。

それは恋である。

公爵が恋に苦しんでいるその相手は女性として伯爵の身分にあるオリヴィアである。この劇の冒頭で、公爵が「もし音楽が恋の糧であるなら、演奏を続けてくれ」（*Tw.* I. i. 1）と言うとき、その頭のなかはオリヴィアで一杯であることがすぐに明らかになる。そしてエイグチークも同じオリヴィアを愛している。二人とも、それほどオリヴィアと接点があるとは思えないし、どうしてそれほどまでにオリヴィアに魅かれているかの説明もないが、「誰かを好きになるのは、理屈を超えたものだ」（*Cym.* IV. ii. 22）ということなのだろう。

しかしオリヴィアはそのどちらにも興味がない。そこに事情があって男装しているヴァイオラがやってきて、公爵の家来となり、恋の使者としてオリヴィアのもとに遣わされた結果、オリヴィアはヴァイオラを男と信じて一目で愛するようになる。ヴァイオラは、言うまでもなく、魅力ある男の条件とされる「生まれがよくて、ハンサムで、体格もよく、話がうまくて、男らしくて、学問もあり、優しくて、人格者で、まだ若くて、気前がいい」（*Troil.* I. ii. 257）という特徴を十分に備えていないので、ここでも愛は理屈を超えていることになる。

一方、ヴァイオラは男という仮の姿のまま、女として公爵を愛することになる。エイグチークの恋が身分からいっても頭の程度からいっても全く絶望的であるように、ヴァイオラの恋もそれに劣らず絶望的である――男として行動しているのだから。絶望的な恋に身を焼く、という点で、二人は共通点を有しているのである。

そして、そこにヴァイオルと通じあうものがある、と言えば言い過ぎだろうか。

ヴァイオルの音は人の声に近いとよく言われる。国外追放の刑を言い渡された男が、「この四〇年にわたって慣れ親しんできた英語を私は放棄しなければならない。そして私の舌は弦を張っていないヴァイオルやハープほどにも役立たずのものとなる」（*R2* I. iii. 159）という言葉にその一端が示されている。一つのヴァイオルを聴いても、高音にせよ低音にせよ、そこに「人間」を感じるが、特にルネッサンス期のヴァイオル・コンソートを聴くと、あるときは明るく談笑し、あるときは静かに語らい、そしてあるときは悲しみを吐露しあう「声」が聞こえてくる。「川土手のスミレの香りを盗んだり与えたりしながら吹く甘い風のように」聞こえる音楽とはヴァイオルの合奏であったに違いない。

ヴァイオルはまた落ち込んでいる人を元気づけたり、気を失っている人の意識を穏やかに回復させたりするのにも適していた。海岸に打ち上げられた王妃を蘇らせるときにも、ヴァイオルが用いられた。「ヴァイオルの音楽をもう一度！ ぐずぐずしないで。さあ、音楽を！」（*Per.* III. ii. 92）という声は、それ自体がヴァイオルの響きのように聞こえてくる。

美貌の誉れ高い女性に求婚しに行った男が、彼女がその美貌とは裏腹に卑しむべき素性の持ち主であることを知って、言う、「あなたは美しいヴァイオルだ、そしてあなたの感覚はその弦だ。正調なる音楽を奏するに足る指を以て弾けば、天をも引き付け、すべての神々にも耳傾けしめたであろうに」(*Per.* I. i. 82)。清く正しく弾けば、ヴァイオルは天をも魅了するのである。

というわけで、ヴァイオル・コンソートを聴く。

始めに演奏した数曲は、その威厳に満ちた優しさ、といった印象から、たぶんトマス・タリスのものだったと思う。タリスはチューダー朝の始祖であるヘンリー七世の時代に生まれ、ヘンリー八世、エドワード六世、メアリー女王、エリザベス女王の四代に音楽家として仕え、エリザベス女王の時代の半ばに八〇年の生涯を閉じた。彼の弟子が(これも八〇歳まで生きた)ウィリアウム・バードであり、さらにその弟子がトマス・モーリーだった。タリスはエリザベス朝音楽の源泉だったのだ。後にエリザベス朝が「イギリス音楽の黄金時代」と呼ばれるようになるが、タリス、バード、モーリーの三人がこの黄金時代を支える柱であったことは疑いない。

次に、一人が手を休めて、あとの三人がエルウェイ・ベヴィンの「ブラウニング」を弾き始めた。これはリコーダーの四人が演奏したバードの「木の葉は緑」と同じ旋律を用いたもので、私にはおなじみの曲である。

これも私には親しみのあるアンソニー・ホルボーンの「すいかずら」がそれに続いた。

すいかずらは多年生のつる草で、日本でも親しまれている。ホルボーンのこの曲はそののびやかな音の流れがすいかずらのつるを思わせる。親しい女友達を内緒の用事で呼び寄せようとして、「彼女につるのからまるあずまやにこっそり来るように言ってね。ほら、すいかずらが太陽に大きく育ててもらいながら今では太陽をさえぎっている、あそこよ」（*Ado* III. i. 7）と言っている声が聞こえてくるようだ。

四人のヴァイオル奏者はここでちょっと時間をとって調弦をしなおしている。ヴァイオルもリュートと同じで、調弦に時間がかかる。リュートは一人だったが、こちらは四人なのでなおさらだ。貴族同士の口論を耳にした王が「この音楽はなんと心に煩わしく響くものだろうか！ 弦が合わなければ、どうしてハーモニーが期待できようか？」（*2H6* II. i. 57）と言うのは、ヴァイオル・コンソートを思い浮かべて言ったものだろう。

調弦の比喩もシェイクスピアには多い。たとえば「あなたの勇気を所定の位置にまで巻き上げなさい。そうすればやりそこなうことはありません」（*Mac*. I. vii. 61）とか。

イアーゴーが無事に再会を果たして喜び合っているオセローとデズデモーナを見ながら、「おお、今は音程が合っているじゃないか。でも、おれがすぐに弦をゆるめてこの音楽をぶち壊してやるぞ」（*Oth*. II. i. 199）と言うのだが、悪意で音楽をたとえに使うのはいかにもイアーゴーらしい。同様に、コーディーリアが、正気を失ったかに見える父リア王を心配して、医者に、「わが子に心乱されてしまった父の、調子が外れて不協和音を奏でる感覚の弦を巻きなおしてください」(*Lr.* IV. vii. 16) と言うのも、いかにも優しいコーディーリアらしい。

それから何曲か続いた。バードやモーリーのものもあったように思う。

最後に「心の慰め」を演奏した。これは当時とても愛された曲で、作曲者は分からないが、様々な編曲で、様々な楽器の編成で演奏された。婚礼のお祝いに呼ばれた楽師たちが来てみると、花嫁になるはずだったジュリエットが死んでいるので、やることがなくなってしまう。その楽師たちに、召使のピーターが叫ぶ、「ああ、楽師たち、〝心の慰め〟、〝心の慰め〟をやってくれ」(*Rom.* IV. v. 100)。その状況では、心の慰めようもないのだが。

ここでは極端にゆっくりしたテンポで奏された。それはまさに心の慰めだった。

私はすっかり満足した。

31　今、何時?

ところで、今、何時ごろだろうか?

普段は時計がなくても、勘で、つまり腹時計で、大体の見当はつくのだが、こう環境が変わると腹時計も機能しない。しかし、酒飲みは意外に時間を気にするものだ。時を忘れて、というよりも、時をわきまえて飲む方が心地よく酔える。

しかし、見渡しても時計は目に入らない。誰かに尋ねてもいいものだろうか？

そこでまたもや思い出すのがフォールスタフだ。彼が舞台に登場しての最初の言葉は、「さて、ハル、今、何時だ？」（*1H4* I. ii. 1）というものである。彼は王子のハル（ヘンリーの愛称）と遊び呆け、飲んだくれて毎日を過ごしているので、ハル王子から、「おまえみたいな奴が時間を知ってどうしようというのだ？」（*1H4* I. ii. 6）と切り返されるのは当然である。

しかし、一言フォールスタフを弁護すれば、シェイクスピアには時間を尋ねる場面がしばしば出てくるが、そのいずれもが、どうしてこの状況で、いったい何の必要があって時間を尋ねるのか、と疑問に思われるものである。その点ではフォールスタフも同じである。

ただ他の場合は、そのほとんどが極めて重苦しい状況下においてであって、その点がフォールスタフと違う。

例をあげる。

公爵夫人が悪霊と関わりを持った科で流刑の判決を受け、見せしめのために裸足で公道を引かれてゆく。それを待ち受ける夫の公爵が従者に尋ねる。

「今、何時だ?」

「はい、一〇時です」

「一〇時なら、妻がここを通ると知らされた時間だ」(*2H6* II. iv. 5)

一〇時だからこそ彼はそこにいるのだろうから、わざわざ聞く必要はない。時間を確認することで、彼は事態の深刻さを観客に印象づけているのである。

リチャード三世の提灯持ちを務めてきたスタンリーが、いつまでもこれを続けていると危険だと気づき、そのことを同じ立場にある親友のヘイスティングズに知らせるために夜中に使者を送る。玄関先で使者を迎えたヘイスティングズが開口一番に使者に尋ねる。

「今、何時だ?」

「四時を打ったばかりです」

「スタンリー卿もこの退屈な夜を眠れないでおられるのだな?」(*R3* III. ii. 4)

夜中に駆けつけた使者よりもずっと家にいる者の方が時間をよく知っているはずだ。間の抜けた質問をしたヘイスティングズは、スタンリーのせっかくの忠告を意に介さなかったために、やがてリチャードによって刑場に送られることになる。

そのリチャード三世も、それまで献身的に彼に尽くしてきたバッキンガムが急に彼と距離をとるようになったことを不快に感じ、バッキンガムがこれまでの貢献に対してもっと報いてほしいと懇願するのを無視して、「で、今、何時だ？」（*R3* IV. ii. 107）と、必要もないのに時間を尋ねる。そして、バッキンガムがそれに答えずになおも懇願を続けようとするのを遮って、同じ質問を繰り返す。

「だから、今、何時だ？」

「一〇時を打ったところです」

「よし、勝手に打たせておけ」

「と申しますと？」

「そりゃおまえが大時計の鐘つき人形みたいにおれの考え事におまえの願い事を打ちつけてくるからさ。おれは今、願い事を聞き入れるような気分じゃないんだ」（*R3* IV. ii. 110）

そしてさらにリチャード三世は、バッキンガムを刑場に送ったあと、彼自身が戦死することになるボズワースの決戦に臨むにあたって、野営のテントを張り、そこに訪ねてきたケイツビーに質問する。

「今、何時だ？」

「夕食時です。九時になります。」（*R3* V. iii. 47）

時間を聞くことが死のイメージに直結していると感じられる。それはあたかも自分の死までの時間を測っているかのようだ。

シーザーが、暗殺者集団が議事堂で待ち受けているのを知らずに、しかし不吉な予感を感じながら、迎えに来たブルータスに尋ねる。

「今、何時だ？」

「八時を打ったところです」（*Caes.* II. ii. 114）

そして、彼を送り出した妻が、夫以上に不吉な予感に怯えながら、シーザーの死を予言した占い師に尋ねる。

「今、何時なの？」

「九時ごろでございます、奥様」（*Caes.* II. iv. 23）

時間の進行を知ることによって、観客はシーザーの死が迫っていることを知ることになる。

マクベスがダンカン王を暗殺しようとする夜、バンクォーが秘かにマクベスの野心を恐れながら、息子に尋ねる。

「今は夜の何時ごろかな」

「月は沈みました。時計の音は聞こえませんでしたが」

「月が沈むのは一二時だぞ」

「もう少し遅いんじゃないでしょうか」(*Mac.* II. i. 1)

バンクォーの不安は、ダンカンの死ばかりでなく、彼自身の死の予感をも包み込んでいるのである。

そして、バンクォーが恐れたとおりに、マクベスがダンカン王を殺して王位につく。事情を知るバンクォーを恐れてマクベスが彼に向けて刺客を放つと、その晩の宴席に殺されたバンクォーが亡霊となって現れる。錯乱状態に陥ったマクベスが宴会を中断した後に妻に尋ねる。

「今、何時ごろだ?」

「夜とも朝とも、どちらとも言えない時間です」(*Mac.* III. iv. 125)

マクベスは、ダンカンを殺して王位についたことが自分自身の死を早めることに繋がっていることを予感しているのである。

父の亡霊が出るとの報告を受けたハムレットが親友のホレーシオと共に城壁の上に出る。そして、次の会話。

「今、何時だ」
「一二時の少し前だと思います」
「いや、一二時はもう打った」
「そうですか？ 私は聞きませんでした」（*Ham*. I. iv. 3）

つまり、尋ねたハムレットの方が、尋ねられたホレーシオよりも、よく時間を認識していたのだ。それなのになぜ尋ねたのか？ それは時間を知ろうとしたのではなくて、時間を尋ねることによって、自分が今まさに父の死と向き合おうとしていることを再確認したかったのだ。

考えてみれば、他人に時間を聞く、ということは、実生活において、ありそうで、あまりないことである。時間が知りたければ自分で時計を見ればいい。

ある男が女性との機知の応酬に辟易して、話の腰を折るようにして問う。

「今、何時？」
「馬鹿な人が聞きたがる時刻よ」（*LLL* II. i. 122）

つまり、時間を聞くのは時間が知りたいから聞いているのではなくて、何か別の動機に駆られて聞いているのだということをこの女性は指摘しているのである。

そう考えれば、フォールスタフが時間を尋ねるのも、それなりに意味があるのだろうと推察することができる。

32　三一致の法則

シェイクスピアが劇を書いていた期間は僅か二〇年ほどしかなかった。そしてまだ五〇歳にもならない時点で彼は自らの死を予感し、演劇界から引退した。

シェイクスピア晩年に書かれた『あらし』の終わり間際で、プロスペローが「私はこれからミラノに戻り、あとは墓に入ることだけを考えて過ごすつもりだ」(*Tp.* V. i. 310)と言っているのは、シェイクスピアが自身の決意を述べたものだと考えられる。この劇を彼が辞世の作のつもりで書いたことは明らかである(実際には何らかの事情でこの後に『ヘンリー八世』を書くことになったのだが)。

この作品の始めの方で、プロスペローが、妖精のエアリエルと次の会話を交わす。

「今、何時だ?」

「正午は過ぎていると思います」

「いや、二時は過ぎているだろう。これから六時までのあいだは、我々は心して過ごさなければならない」(*Tp.* I. ii. 239)

そして、最後の場面になって、プロスペローとエアリエルのあいだで同じ問答が繰り返される。

「今、何時だ？」

「六時です。この時間までに仕事を終わらせなければならないとご主人様はおっしゃいました」

「確かにそう言った。あれは最初に嵐を引き起こしたときだった」（*Tp.* V. i. 3）

それはつまり、この作品の物語としての経過時間がせいぜい四時間ほどだと言っているのである。それはこの劇の上演時間と大差ない。

プロスペローが時間を聞くのは特に時間が知りたかったわけではない。物語の進行が、そして人生そのものが、時間によってせかされていることを言おうとしたものだろう。ここでもこの質問は死の影を引いているのである。シェイクスピアはここで自分の死までの時間を計っていたものと思われる。

その一方で、『あらし』に時間を尋ねる場面が何度も出てくることについては、もう一つの理由が考えられる。それは、これによって、この劇が三一致《さんいっち》の法則に従っていることを観客に印象づけようとした、というものである。

三一致の法則とは、劇の物語・時間・場所の一致を見なければならない、というもので、アリストテレスが言い出したものだという（この場合の「一致」とは「まとまり」のような意味に解釈される）。これはシェイクスピアより少し後の時代にフランスで出された説だが、シェイクスピアにもそれに繋がる知識があったものと考えられる。

物語の一致とは、あらすじが支離滅裂になってはいけないというもので、これはまあ、問題にならない。もっとも、アリストテレスが最も重視したのはこれなのだが。つまり、物語の一致をみるためには、あとの二つが重要だということなのだろう。

時間の一致とは、劇の物語としての設定上の時間が二四時間を超えてはならないというもので、たとえば幕が上がった時の設定上の時間が朝八時であれば、幕が降りる時の設定上の時間はどんなに遅くても翌朝の八時を越えてはならない、というものである。

そして、場所の一致とは、場面が変わるときに、あまり遠い場所に移ってはいけない、せいぜい数時間で行ける所でなければならない、というもので、たとえば場面が銀座に設定されているとすれば、次の場面はせいぜい渋谷とか横浜でなければならない。場面が変わって沖縄とか札幌とかはだめだというのである。

もちろんこれは舞台上の完結性を重んじるための心得を説いたもので、昔も今も、これに従っている作品が多い。特にこれに従うということでなくても、自然にそのようになっているということなのだろう。

それではシェイクスピアはどうかと言えば、彼は現存する三七の作品のうち、この最後の作品と言われる『あらし』の他には最初の作品と言われる『間違いの喜劇』でこれを守っているにすぎない。まるで、自分だってこの法則を知らないわけではないのだと言わんばかりである。

『間違いの喜劇』では、冒頭の場面で、敵対する都市国家からやってきて捕らえられた老人に対し、公爵が法律の定めに従って死刑を宣告する。しかし事情を聞いてみると同情すべき点もあるので、「今日一日を限って」(*Err.* I. i. 150) 身代金を調達できるか試みてみることを許可する。そして最後の場面で公爵と死刑目前の老人が登場し、公爵は、「もし誰か親しい者が彼のために身代金を出そうと申し出れば、彼は死なずにすむのだ」(*Err.* V. i. 131) と人々に呼びかける。その間の物語はもっぱら二組の双子が引き起こす人まちがいによるどたばた喜劇で、そこに公爵と老人が登場することは一度もない。つまりこの両者は「今日一日」の始まりと終わりを告げるために登場するのであって、いわば時間の進行を知らせる時計のような役割を担っていることは明らかである。しかしそれと同時に、この老人の命のはかなさを伝えていることも否定できない。

ところで、性懲りもなくまたまた自分自身の記憶が頭をもたげてきたのだが、私は学生時代に舞台でこの公爵の役を演じたのである。それはシェイクスピア生誕四〇〇年祭の年で、世界中で、そして日本でも、シェイクスピア上演がブームとなり、私が学んでいた大学でも学生たちが英語でこの劇を上演したのだった。当時ほとんど上演されることのなかったこの劇を私たちは緊張感とある種の使命感をもって演じた。私にはとぼけた権力者という役柄が似合っていたようだ。

あれから六〇年。それこそ、あっと言う間だった。

33　時計

言うまでもなく「時間」という言葉には二つの意味がある。一つは「時刻」であり、もう一つは「時の経過の長さ」である。そのいずれの意味においても、時間を支配するのは時計である。本当は、時間が時計を支配しているのだ。しかし、我々の感じ方ではそうではない。「時間は人が違えば進み方も違うものです」(*AYL* III. ii. 302) というのが人間の常識だが、時計はこの常識を許さない。

死に瀕した男が、「おれの命をかたち作っている砂も尽きはてた」(*3H6* I. iv. 25) と言うとき、彼は自分の命を砂時計と同一のものと感じているのである。

時計を持たない動物は、ある意味で、永遠の生命を生きていると言えるだろう。人間もそうでありたい。しかし、時計がそれを許さない。

人間は時計の支配下にあって、常に戦々恐々としている。それは短い人生のなかで時の流れが決定的な意味を持っているからである。あたかもそれを象徴するかのように、少し前までの柱時計は荘重な暗い響きで時を告げた。たとえ真夜中であろうと、時計は容赦なく鳴った。私も、眠れない夜、ようやくうとうとしかけたときに何度時計の音で起こされたか知れない。

妻の浮気の現場に踏み込もうとする夫の耳に時計の鳴る音が聞こえる。「時計が鳴っておれの出番だと告げている」（*Wiv.* III. ii. 40）それはつまり、時計が、妻を糾弾するという人生の修羅場に入って行くよう男に強いているのである。

夢遊病で夜中にさ迷い歩くマクベス夫人が、ダンカン暗殺の記憶に怯えながら、妄想のうちに時計の音を聞いて、「一つ、二つ。さあ、やるべき時間だ。——地獄は暗い！」（*Mac.* V. i. 34）と言うとき、あたかも彼女が時計に強いられて地獄への道を急いでいるかのような印象を与えるのである。

仲間たちとシーザー暗殺に向かおうとするブルータスが、時計の音を耳にする。

「静かに！　時計が幾つ鳴るか」

「三つ鳴った」

「それじゃ、もう出なければ」(*Caes.* II. i. 192)

暗殺は成功するが、その後の戦いで暗殺者集団は全滅し、ローマの共和制から帝政への移行を阻止するという暗殺の目的も水泡に帰する。破滅への歩みをこの時計が刻んでいるのである。

特に何かを企むということがなくても、「時計が、時間を浪費すると言って、私を責めている」(*Tw.* III. i.132) というのは、すべての人の共通の思いなのだ。

獄中で、目前に死が迫っていることも知らずに、リチャード二世が言う。「私は時間を浪費してしまった。そして今、時間が私を浪費している。今や時間が私を時計に変えてしまった。私の思考は、一分ごとの経過を、溜息できしみながら文字盤である私の目に伝えている。それを時計の針である私の指が、涙をぬぐいながら目に指し示す。今何時かを告げる音はけたたましい呻き声となり、それが私の心臓を叩く——かくして溜息、涙、呻きが、分を示し、時を測り、時刻を告げるのだ」(*R2* V. v. 49)

私の親しかった異国の演劇人は、宴会の席で、余興としてこの部分を含む長い独白を英語で朗誦しながら、大粒の涙を流して泣いた。(彼はその数年後に病死した。)

時間を意識するのは、根底に人生が短いという意識があるからだ。ハムレットの「人間の命なんて、ひとつ、と数える間もないぐらいのものだ」(*Ham.* V. ii. 74) という言葉にも、そしてイアーゴーが悪意を秘めながらふざけて歌う歌の一節「人生なんて、所詮、手幅の長さしかない」（*Oth.* II. iii. 67）にも、さらにオーランドーがロザリンド恋しさに書いて木の枝に吊るした詩の一節「人間はなんとあっけなくその過ち多き巡礼の旅を走り終えてしまうことか。そのため手の指を広げただけでその一生がすっぽりと入ってしまうほどだ」（*AYL* III. ii. 126）にも、人生が短いという思いがこめられている。あの飲んだくれのフォールスタフでさえ、「人生は機織りの杼《ひ》の動きのように一瞬のものだ」（*Wiv.* V. i. 23）と言うのである。

ジュリエットの乳母からどこに行けばロミオに会えるか尋ねられたロミオ当人が、「教えてあげよう。でも、若いロミオも、あんたが探し当てたときには、探していたときよりも老けているだろうね」（*Rom.* II. iv. 119）と答えるのは、若さというものがほんのつかの間のものでしかないと言っているのである。

「我々は一時間経つごとにだんだんに熟してゆき、一時間経つごとにだんだんに腐ってゆく。そこにこだわらないではいられない」（*AYL* II. vii. 26）。しかし、こだわったところで、どうにもならない。

人生が短いということは、人はいつも死を意識しながら生きているということだ。今生きているという意識はやがて死ぬという意識に裏打ちされている。無教養な一兵士でさえ、「おれは生きられるあいだは生きているだろう。それは確かだ。もうこれ以上生きられないと分かったら、そのときはやぶれかぶれだ。それだけのことで、そこに安らぎがある」（*H5* II. i. 14）と言うのである。

ハムレットは言う、「スズメ一羽落ちるのにも神意が働いている。今が死に時とすれば、後で死なないで済む。後でないとすれば、今だ。今でないとすれば、やがてそれは来る。覚悟がすべてだ」（*Ham.* V. ii. 215）。分かっていても、その覚悟がなかなかできないのである。

ブルータスは言う、「人間がいつか死ぬということは分かっている。問題は、そのいつかが、いったい、いつなのか、なのだ」（*Caes.* III. i. 99）。

そういう短い人生を生きる人間とはどういう存在か。人間は、果たして、万物の霊長と言われるほどの高貴な生き物なのか？

残念ながら、シェイクスピアはそうは言っていない。

ハムレットは言う、「食って寝るだけが人生の最大関心事であるとするなら、人間とはいったい何なんだ？ 獣と同じじゃないか」（*Ham.* IV. iv. 33）。

乞食に扮した裸同然のエドガーを見て、リア王は言う、「衣服をまとっていない人間はこんな貧相な二本足の動物でしかないんだ」（*Lr.* III. iv. 109）。そのエドガーについて、それが息子とも知らずに、グロスターは言う、「昨晩の嵐のなかで私はそういう男にでくわした。そのとき私は、人間は虫けらにすぎないと思った」(*Lr.* IV. i. 32)。人間は獣とも虫けらとも肩を並べる存在なのである。

一方で、こういうセリフもある。絶海の孤島で父親以外の人間を見ずに育ったミランダが、初めて五、六人の人間を見て、「人間て、なんて美しいんでしょう! ああ、素晴らしい新世界だわ、こんな人たちがいるなんて!」(*Tp.* V. i. 184)と叫ぶ。これを聞くと救われる気がしないでもないが、しかしミランダが見ているその五、六人とは老年と中年の男ばかりである。彼女はあくまでもそれまで見てきた島の怪物や動物と比較して言っているのだ。あまり喜んでばかりもいられない。

『尺には尺を』で、僧侶に変装した公爵が、不当な死刑宣告を受けた青年に、仕方ないからあきらめろと言って、生きていることがいかに虚しいかを縷々説いたあとで、「この世の生には何千もの死が含まれている。それなのに我々はすべての苦しみを解決してくれるたった一度の死を恐れているのだ」(*Meas.* III. i. 39)と結論づける。青年は納得したかに見えるが、その後で面会に来た妹に、死がいかに恐ろしいかについて叫び続けたあとで、「老齢、苦痛、貧困、投獄などがもたらすこの世のどんな忌まわしい生であっても、死の恐怖に比べれば極楽のようなものだ」(*Meas.* III. i. 128)と、公爵とは正反対の言葉で締めくくる。どちらも真実としか言いようがない。

そういう人間の社会に、次々に子どもが生まれてくる。

リア王は言う、「我々が生まれたときに泣くのは、この馬鹿者どもの大きな舞台に出てきたことを悲しんで泣くのだ」(*Lr.* IV. vi. 184)。

それでは、人間の死とは厳粛なものなのか?

残念ながら、シェイクスピアはそうは言っていない。

さらに、リア王の言葉、「我々人間は、神々にとっては、腕白小僧にとっての蠅のようなものだ。神々は面白半分に我々を殺すのだ」(*Lr.* IV. i. 36)。

そのリア王が絶望のうちに気力衰えて死に瀕する。彼の体に取りすがる人々にケントは言う、「死なせてあげればいい。陛下を現世という残虐な拷問台にもっと留めておきたいと思う人は、陛下を憎んでいるのと同じだ」(*Lr.* V. iii. 313)。

そしてオセローは、自らの命を断つ前に、彼をデズデモーナ殺害へと駆り立てたイアーゴーに言う、「おまえは生かしておこう。なぜなら、私の考えでは、死ぬ方が幸せだからだ」(*Oth.* V. ii. 290)。

また、バラ戦争におけるイギリス方の英雄トールボットは言う、「王も勢威並ぶ者なき権力者も死ななければならない。なぜなら、それが人間としての不幸の終わりなのだから」(*1H6* III. ii. 136)。

たとえ人間社会のトップに君臨する者であっても、人間としての不幸を終わらせるものは死しかないのである。

生きるか死ぬか。それが問題であるうちはまだ救いがあるということか。

34　普通の人

ずっと以前に、私がまだ若かったころ、日本の年配の英文学研究者で、「シェイクスピアは人間というものが好きで好きでたまらなかったのだ」という意味のことを言う人が何人かいた。そのころ私もすでにシェイクスピアに親しんでいたが、同じ感想を持つことができないでいた。それは自分が若く未熟だからで、あれぐらいの歳になれば自分もそれに同意するだろうと、私は期待していた。しかし、今、私はそれぐらいの歳に達しているが、未だに共感できないでいる。シェイクスピアが人間を好きだったかどうかを判断する前に、シェイクスピアの人間観がいかに冷徹だったかを意識しないではいられないからである。

シェイクスピアの掲げた鏡に映ったものを見た結果、そこに総体としての人間の幸福な姿を見る人がいるとすれば、その人はよほど幸福な人なのだろうという気がする。優れた文学作品は社会を映す以上に読み手の心を映すものだと考えれば十分に納得がゆくけれど。といって、私が不幸な人生を歩んできたと言うつもりはない。

シェイクスピアの人間観は冷徹を極めるが、それでは彼は人間というものに悲観的な見方をしていたのかというと、そうとも言えない。

シェイクスピアを読んでいると、決して主役ではない登場人物の、何気ないささやかな「正義感」に触れることがあって、それがシェイクスピア劇の根底にあってその世界を支えていると感じることがある。彼らは物語の進行を左右するだけの力は与えられていないものの、人間はこうあるべきだと訴えているかのようだ。彼らは無力である。そして、まさにその点に、シェイクスピアが意味を見出そうとしているかに感じられる。

たとえば、『から騒ぎ』のドッグベリー。彼は警吏という役職にありながら、その言語および論理性が無茶苦茶で、常に笑いを誘うが、その根底には強固な倫理性がある。彼は最初に登場したときに、まず夜警たちに対して「おまえたちはみんな善良で誠実であるかな?」(*Ado* III. iii. 1) と言う。その後の彼の言葉は間違いだらけだが、ここだけは疑いようもなく正確である。彼はここで自分の立ち位置を宣言しているのである。しかし悪人たちを捕えるのは夜警たちで、彼が事件解決のために果敢に働くわけではない。

コリオレーナスの友人のメニーニアスは、「タイバー河の水で薄めていない熱燗のワインを好み」（*Cor.* II. i. 46）、そして「考えたことは口にしないでおられず、悪意も相手にそのままぶつけてしまう」（*Cor.* II. i. 52）といった気性の持ち主で、それはひたすら一本気な人間ということなのだが、同時に、彼は優しくて他への思いやりが深い。そのため、コリオレーナスを憎む市民たちからも親しまれている。彼はコリオレーナスと護民官とのあいだの激しい対立感情を和らげようと努力するが、うまくいかない。また、ローマに反旗を翻したコリオレーナスを訪ねて思いとどまらせようとするが、それにも失敗する。彼の優しさや正義感がコリオレーナスの安全や国の平和に貢献することはない。

リア王の長女ゴネリルの夫であるオールバニー公は次女リーガンの夫コーンウォール公とは正反対の、穏やかで正義感の強い性格であって、いつも状況の展開を苦々しく見ている。妻とその妹の親不孝を激しくなじり、「娘というより虎とでもいうべきおまえたちは、いったい何をしでかしたのだ？」（*Lr.* IV. ii.40）と言い、さらに、リア王の忠臣グロスターがリーガン夫妻によって両眼をえぐり取られたと聞いて、その場にいないグロスターに呼びかけて、「おまえが陛下に示した愛情に感謝し、おまえの目の復讐をするつもりだ」（*Lr.* IV. ii.94）と言うのだが、彼が復讐のための行動をとることはない。そして物語が悲惨な結末を迎えた後では、すべてを他に託して、静かに去ってゆく。

『あらし』に出てくるゴンザーローはミラノ大公プロスペローの忠実な臣下であり、「商取引は一切認められず、行政官などもおらず、学問も存在せず、金持ちとか貧乏人とかの階級差もない」（*Tp.* II. i. 144）、そういう社会を理想としながらも、とりあえず体制に順応している。彼はプロスペローが弟アントーニオーから位を奪われて追放されたときにはプロスペローが身の安全を確保できるように心を砕くが、その後はアントーニオーの忠臣として行動を共にする。プロスペローから熱い称賛と感謝の言葉を寄せられながらも、プロスペローの住む島に流れ着いた後も特に彼のために働くという機会を与えられはしない。

『シムベリン』のイモジェンの忠実な従僕ピザーニオーはイモジェンに対して誠心誠意を尽くす。彼は王妃がイモジェンを亡きものにするために医師に調合させた毒薬をそうとは知らずに旅立つイモジェンに手渡すが、医師が危険を察して一時的に仮死状態になるだけの薬としていたため、体調を崩したイモジェンがそれを飲んで仮死状態に陥るもののやがて意識を取り戻す。イモジェンはただ医師の機転で救われただけで、ピザーニオーの誠意がイモジェンの命を救う上で機能したわけではない。

こういう類の人物は他にも何人も出てくる。『お気に召すまま』や『リア王』や『アテネのタイモン』などに出てくる道化も似たようなものである。彼らは道化という特権を生かして言いたいことを言うが、物語の進展に影響を与えることはない。

無力な人間の倫理性など何の役に立つか、と言えなくもない。しかしおそらく、役に立つか立たないかはシェイクスピアの興味の埒外だっただろう。画家が群像を描きながらそのなかに自分自身を紛れ込ませることがあるように、彼はこれらの人物の内に、自分自身を見ようとしていたのだろう。彼は、かくあるべしと思われる自画像に救いを見ていたのである。

その典型がホレーシオである。つい「いつもの制御不能の発作」(*Ham.* IV. i. 8) が起きてしまう激情型のハムレットは、自分とは正反対の「感情の奴隷でない男」(*Ham.* III. ii. 71) である友人のホレーシオを熱烈に尊敬し、篤い信頼を寄せる。しかし、ホレーシオがクローディアスの忠臣としての立場を崩すことはなく、ハムレットの苦しみを救うために積極的に動くこともない。彼はただの傍観者であるにすぎない。その部分も含めて、シェイクスピアはホレーシオに「あるべき自分」を見ていたのだろう。

シェイクスピアは思想家ではなく、社会改革論者でもない。彼が理想としたのは、おそらく、さりげない正義感、身の丈に合った倫理観を持つ「普通の人」だった。まさにその故に、彼の作品は普遍的な魅力を持っているのである。

35　デザート

もっと何か食べたい。「肉料理のあとの粥」（*Troil.* I. ii. 245）なんかでもいい。果物も食べたい。エリザベス朝では食事のときに果物を食べたのだろうか、というと、どうも食べたようである。「まずは使者にご接見を。私からのお知らせは正餐の後の果物ということに」（*Ham.* II. ii. 51）とあるから。

大将が、ある武将を評して、彼が英雄であることは認めるが傲慢さが過ぎる、「ちょうど不潔な皿に盛った新鮮な果物のようなもので、誰にも食べられないまま腐るにまかされるだろう」（*Troil.* II. iii. 123）と言っているので、果物は皿に盛って食べたのだ。

それでは、私も新鮮な果物を……。

果物と言えば真っ先にリンゴが思い浮かぶ。もちろんイギリスでもこれは最もポピュラーな果物で、シェイクスピアにも「あの若造どもは劇場で騒ぎたてたり、かじりかけのリンゴを投げあったりする手合いだ」（*H8* V. iii. 59）というセリフがある。ここで興味が持たれるのはリンゴよりもそういう「手合い」の方で、当時の劇場がまざまざと目に浮かぶようだ。このセリフのある『ヘンリー八世』が書かれた当時はすでに室内劇場も用いられていたが、これはグローブ座などの屋根なし劇場を念頭に置いたものだろう。屋根なし劇場の一階席は立ち見席になっていて、料金も安かったことから、いわゆる庶民がここを占めることになっていた。歩き回るのも自由だったから、各種の「商売」をするうえでも絶好の場所だった。始めから観劇以外の目的で来る人も大勢いたようだ。

リンゴの次はミカンだろうか。柑橘類は種類が多いのでどれと特定できないが、柑橘類はその酸っぱさに特徴があって、「伯爵は黄色いオレンジのようにいくぶんか嫉妬の色に染められていなさる」(*Ado* II. i. 276) というのは、その酸っぱさが嫉妬と調和したのだろう。嫉妬は甘いものではないのである。

日本で桜と言えば何よりも花を思い浮かべるが、イギリスで桜、つまりチェリーと言えば、それはとりあえずサクランボを意味した。幼なじみについて「わたしたちはまるで一対のサクランボみたいにして育ったのよ。別々のように見えて元は一つだった」(*MND* III. ii. 208) というのは、比喩として日本人にもとても親しみの持てるものである。

梨の皮は薄い。だから、できるだけ早く食べないと皮にしわが寄ってしまう。「奴らはきっと知恵の限りを尽くしておれを叩きのめして、そのうちにおれはひからびた梨みたいにしわしわになってしまうだろう」(*Wiv.* IV. v. 93) なんてね。いやあ、よく分かる。

イチゴはやはり高級な果物というイメージがあったようだ。「イチゴはイラクサの下でも育ち、下等な果実の隣にあるとき特に立派な実がついてよく熟します」(*H5* I. i. 60)と言われると、下等な果実とは何を指すのかが気になってしまう。「イーリー殿、先日ホウボーンに行ったとき、貴殿の庭に立派なイチゴを見たのだが、あれをいくらか取り寄せては頂けまいか」(*R3* III. iv. 31) というセリフがあるぐらいだから、たとえこのセリフがその場をはぐらかすためのものであるにしても、やはり取り寄せてもらうだけの価値があるという共通認識があったのだろう。だからオセローの母親も息子に「イチゴの刺繍のあるハンカチ」(*Oth.* III. iii. 441) を遺したのである。

これは果物ではないが、栗の扱いが面白い。「女がいくらわめいたって、そんなのは農家の炉ではぜる栗の半分ほどの音もしないよ」(*Shr.* I. ii. 206) というのを聞くと、古い日本の農家の囲炉裏端が想われる。「船乗りの女房が膝に載せた栗を食べていた、むしゃむしゃむしゃむしゃってね」(*Mac.* I. iii. 4) も、日本的なイメージを誘うようだ。

しかし、同じ木の実についてであっても、毒舌家がある男について、「奴が淫売に飛びつくほどには、鸚鵡だってアーモンドに飛びつきゃしねえ」(*Troil.* V. ii. 191) と言うのは、木の実の連想としては飛躍している。連想の飛躍がシェイクスピアの魅力の一つでもあるのだ。

それはそれとして、ウェイターを呼んで、何か果物はないか尋ねたところ、「当店にはございません」と言われた。

なければあきらめるほかない。

店内の客もだんだんに増えてきて、ほぼ満席になった。他人が楽しそうにしているのを見るのはとても楽しい。

食後にちょっとした甘い物があってもいい。酒飲みは辛党と言われるが、けっこう甘い物も好きなのだ。

「美人で、しかも品行方正だってことは、砂糖のうえに蜂蜜をかけるようなものじゃないか」(*AYL* III. iii. 29)。こういう甘さも悪くない。いや、女性ではなくて、食べ物の話。日本のクリームあんみつは餡とアイスクリームの上に蜜がかかっているではないか。

「さあ、我が家までおいでください。祭日には肉、断食日には魚、それにプディングとホットケーキを添えて、歓待いたします」(*Per.* II. i. 80)なんて言われれば、私は、「それではお言葉に甘えて——」と、すぐに訪ねて行くだろう。しかし、注文通りに仕立てられたガウンにいちゃもんをつけて、「なんだこりゃ? 袖か? まるで大砲じゃないか。しかも、上から下まで、まるでアップルパイみたいに刻み目が入ってる」(*Shr.* IV. iii. 88)などと言う男の家には、たとえ招待されても行かないだろう。アップルパイをそういうときに引き合いに出してほしくない。

それにしても面白いのは、当時のイギリスには、お祭りのときに特大のカスタードを作って、その中に道化が飛び込む習わしがあったということだ。無礼な物言いをする男に腹を立てた老貴族が「君は長靴も拍車ももろとも、まるでカスタードの中に飛び込むみたいにして私のいらいらの中に飛び込んできたのだ」(*All's* II. v. 36) と言うのは、その習慣について言っているのである。でも、食べ物をそういう用途で使うのは、日本人の感覚にはそぐわないだろう。

そこでウェイターを呼んで何か甘い物はないか尋ねようかと思ったが、「当店にはございません」と言われるような予感がして、やめにした。ここはエールハウスであって、日本で言えば縄暖簾みたいなものだから。

食事の締めとして甘い物を食べるという習慣がいつごろ始まったのか私は知らない。エリザベス朝では最後にチーズを食べることが多かった。「私は食事を終わりにしたいが、まだリンゴとチーズが来るはずだ」(*Wiv.* I. ii. 11) とあるように、チーズが出なければ食事が終わらなかったようだ。いつも太鼓持ちのようにへつらって食卓にはべっている男に、「おれのチーズ野郎、おれの消化薬よ」(*Troil.* II. iii. 44) と呼びかけるのは、つまり、食後のチーズが消化を助けると信じられていたからである。

なお、コーヒーや紅茶はこの頃のイギリスで一部の人には知られていたが、まだ一般的ではなかった。

あちこちで煙草をふかしている人が見られるが、シェイクスピアには煙草は出てこない。煙草はシェイクスピアの好みでなかったのだろう。

36　だんまり劇

ふいにリコーダーの四人が立ち上がった。それぞれ手には楽器を持っている。ああ、またリコーダー・コンソートが始まるんだと、大いにそれを期待する気分で見ていると、意外なことに、四人は先ほどの演奏場所とは反対の方に歩いて行って、ドアから外に出てしまった。路上演奏でもするのかしら、と思ったが、その歩き方、出方がなんだかこそこそしている印象だったのが気にかかった。

すると、先ほど演奏を終えて奥に引っ込んだヴァイオルの四人が、これも楽器を、それもむき出しのまま携えて出てきて、そのまま同じドアから外に出て行った。なんだか変だぞ、と思っていると、今度は、先ほどのリュート奏者がやはり楽器を抱いて奥から出てきて、同じドアから出て行った。

演奏を終えて帰宅するのであれば、楽器をケースに入れて持ち帰るのが普通ではないか？　しかも、あの、こそこそ、という態度はいったい何なんだ？　と思っていると、次の瞬間に、同じドアが開いて、それもガバッという感じで開いて、決して少なくない人数の人が、行列を組んで勢いよく入ってきた。店内の客が一斉にそちらを見たのは当然である。なかには拍手する人もいた。

行列の先頭は五、六人の女性で、肩から足元までの緩やかな衣装を着ていて、私は狂乱のオフィーリアを思い出した。オフィーリアと違う点は、彼女たちが一斉に仮面を顔につけていたことである。そしてその後から、それとほぼ同数の男性が、これも仮面をつけて続き、それから今出て行ったばかりのリコーダー奏者、ヴァイオル奏者、リュート奏者が入ってきた。いずれも出て行ったときとは正反対の、やけに調子よい歩き方である。彼らは仮面をつけていない。

続いて、いつ出て行ったか私は見なかったが、若いウェイターが太鼓笛を抱えて入ってきた。

そして、いちばん後ろから入ってきたのは、なんとあの女子会の四人ではないか。彼女たちはただの客ではなかったのだ。

仮面の女性たちは演奏場所までくると、いきなり踊り出した。そのときにはまだ歩いていたリュート奏者の演奏が始まっていて、一瞬も遅れることなく音楽で踊りを支えた。

続いて、リュート奏者とリコーダー奏者は踊り手の右側で立ったまま、ヴァイオル奏者は左側でさっきからそこに置かれていた椅子に座って、演奏を始めた。ウェイターはその後ろで、左手に笛を、右手にばちを持って、体を後ろにそらせるようにしながら、景気よく音を出し始めた。一つ一つの楽器の音量は控え目だが、これだけの人数になると、そう広くない店内は迫力ある音楽の響きで満たされた。

私には、ああ、あれだ、と思い当たるものがあった。

それは多分、中世からルネッサンス初期に盛んに行われた「マミング」、強いて日本語に直せば「だんまり」というものだっただろう。だんまりだから、声を発しないということである。日本語では「だんまり芝居」と訳されることが多い。もめ事を裁く立場にある者が、「たとえ両者の言い分を聞いている最中であろうと、たまたま腹痛でも起きると、だんまり芝居の役者みたいに顔をしかめて、顔を真っ赤にして我慢したあげくに、便器を持ってこいと大声で叫ぶ」(Cor. II. i. 72) と非難されたりする、あれだ。

ルネッサンス初期において、貴族や金持ちの家で宴会があると、招待されていない人たちが宴会場に仮面をつけて行列を組んで乗り込んで行って、踊りや奇術や黙劇を披露するという習慣があった。シェイクスピアの『アテネのタイモン』にも、タイモン邸での宴会に仮面をつけた女性たちが乗り込んで行って踊り、さらに宴会に来ている人たちと踊るという場面がある。『ロミオとジュリエット』で、キャピュレット家の舞踏会に招待されてもいないモンタギュー家の青年たちが仮面をつけて乗り込んで行って踊る、というのもその一つの形態を示したものだろう。『ヘンリー八世』で、大臣ウルジーの主催する舞踏会に国王ヘンリー八世が何人かと共に仮面をつけて乗り込み、そこで女官アン・ボレインを見初める、というのも、同じ伝統にのっとったものである。『ヴェニスの商人』で、シャイロックの娘ジェシカと駆け落ちをしようという男が、ジェシカを誘い出してから友人たちを交えてそれぞれ仮面をつけて街路を行進すれば無事にその地域から逃げられる、という奇策を練るのも、仮面をつけての行列なら怪しまれないという習慣によるものである。その奇策は実行されずに終わるけれど。

招待されていない者たちが仮面をつけて乗り込み、しかも一言も発しないで踊ったり演芸を披露したりするということは、乗り込んで来た者が誰か必ずしも特定できないということであって、当然のことながら、犯罪に利用されることが多かった。殺人事件も起きた。そこで、仮面を売ることもそれを用いることも禁ずる命令がしばしば出されたが、守られなかった。それほどこの習慣には魅力があったのだろう。

だから、演奏者たちが踊り手と一緒になってやたら堂々と入って来たのも、「乗り込む」という習慣を再現したものだったのだ。

まあ、ここでは殺されることもないだろうから、安心して踊りを楽しむことにしよう。ここがエールハウスとしてはずいぶん大きい方だとしても、これだけの人数が壁際で踊るほどのスペースもないから、当然、客のテーブルのあいだにはみ出して踊ることになる。私の体にも擦れるほどに近寄って踊るので、足が引っかからないように気を遣う。

踊りにはたくさんの種類があって、もちろん、それを先導するのは音楽でなければならない。次はどの踊りにするか、どのリズムのものにするか、はあらかじめ決まっているようでありながら、実はそうでもない、ということが楽師たちの様子からうかがえる。それを決めるのはリュート奏者のようだ。彼がちょっと首を、あるいは肩を動かしただけで、次はどれにするかが他の楽師たちに伝わって、音楽が始まり、そして踊りが始まる。

ゆっくりした踊りが始まると、それはパヴァーヌだろうと私にも察しがつく。サー・トビー・ベルチが、自分も酔っ払っているくせに、他の男が酔っ払っていると聞いて、「それじゃ奴は悪党で、パヴァーヌを踊るみたいにゆっくりと歩くんだ。おれは酔っ払いの悪党は大嫌いだ」(*Tw.* V. i.198)と言うのは、あんまりひどいんじゃないかという気がする。そう、この男はひどい男なのだ——とても人気があるのだが。

続いて活発な踊りになった。パヴァーヌの次にくる活発な踊りといえば、それはガリヤードだ。ワルツを速くしたような感じで、ついこちらも体をゆすりたくなる。英仏百年戦争でフランスのいくつかの領土を要求したヘンリー五世に、フランス皇太子から「フランスにはガリヤードを踊るみたいにして気安く手に入れられるものは一つもない」(*H5* I. ii. 251)という返事が届けられるのは、ガリヤードの軽快さが軽々しいというイメージでとらえられているのだろう。でも、踊りなのだから、軽々しくていい。

リュート奏者が小声で次の曲を指示した。私には聞こえなかったが、その口の動きから、どうやらコラントと言ったらしかった。始まると、小さく飛び跳ねるような、小走りに走っているような感じの曲で、やはりコラントだった。医術の心得のある若い女性に病気を治してもらった王を見て、老いた貴族が「私だって歯が残っているうちは若い娘の方がいいね。そりゃ、王様だってあの御様子なら彼女とコラントだって踊れるさ」(*All's* II. iii. 41)と言っているのは、コラントがガリヤードほどではないがそれなりに生き生きとした踊りであることを示している。コラントには軽く走るようなステップが入って来るのですぐそれと分かる。フランス兵が、どうもフランスの女性はフランス兵よりもイギリス兵の方に好意を持っているようだと言って、「彼女らは我々に言うんだ、イギリスのダンス学校に行って高跳びのラヴォルタや跳ね回るようなコラントを教えればいい、だって逃げ足の速さがフランス兵の得意なのだから、なんてね」(*H5* III. v. 32)と自虐的に言うのは、コラントの走るような動きについて言っているのである。

そして、ジーグが始まった。これが始まると、これが最後の踊りかと思ってしまう。劇の最後に役者たちが舞台上でこれを踊ることが多かった。明るく華やかに締めくくるという色彩が濃いのである。「初めの求婚が熱烈でせっかちなのはスコットランドのジーグみたいなもので、上っ調子なだけなのよ」（*Ado* II. i. 68）そう、上っ調子でいい。いや、求婚ではなくて、踊りが。

いつのまにか、リコーダーの一人がリコーダーを横笛に持ち替えている。リコーダーは強く吹き過ぎると音程が上ずってしまうので、音楽自体が興奮状態になってきたときには横笛が参入することが望ましい。横笛なら強く吹いても音程があまり変化しないから好都合だ。

シャイロックが娘のジェシカに留守番を言いつけるときに、ジェシカが若い男に興味を持つことを恐れて、「太鼓の音だとか首を傾けて吹く横笛のキーキーいう音だとかが聞こえても、窓によじ登るんじゃないぞ」（*Merch.* II.v.29）と言う。しかし、その心配はすでに手遅れだったのだ。そのすぐ後にジェシカはロレンゾーと駆け落ちすることになる。

妻デズデモーナが結婚前から恋人と情事に耽っていたというでたらめを吹き込まれたオセローが、絶望して叫ぶ、「さらば、いななく馬よ、甲高いトランペットよ、精神を揺さぶる太鼓よ、耳をつらぬく横笛よ！」（*Oth.* III. iii. 356）。彼はこの世とも自分自身とも別れる時が来たと言っているのである。こういうときには、やはり横笛の方がいい。

37　仮面劇

ポピュラーな種類の踊りが一通り済んで、もう終わりかな、と思っていると、また音楽が鳴り始めた。すると、客のなかから立ち上がる人がいて、踊り手に近づいて行って、一緒に踊り始めた。男性と女性が一対一で向かいあうためには、男女同数でなければならないが、どうしても男性が余ってしまう。そうすると、客のなかから女性が進み出て、その相手になって、共に踊り始める。演奏者にも、楽器を椅子の上に置くなり壁に立てかけるなりして、踊りに加わる人が出てきた。酒場が突然ダンスホールに変化したようだった。

それまでの踊りはあくまでも余興としての、いわば観る人へのサービスとしての踊りだった。しかし、突然、それは踊る人自身のための踊りに変化したのだ。

その変化は、私には興味深かった。なぜなら、仮面をつけている人が限られているにしても、それはあたかも仮面舞踏会のような様相を呈していたからである。

仮面舞踏会は中世のイタリアの宮廷で始まった。男女それぞれがローマ神話の神々や妖精を示す仮面をつけて、その人物のつもりで踊った。仮面をつけてもそれが誰だか分かったはずだが、分からないという前提で踊った。いわば、自己のアイデンティティーを抹消するというところに遊びを見出したのである。

それがフランスを経由してイギリスに伝わった。イギリスでは、ほどなく、ただ仮面をつけて踊るだけでは物足りなくて、踊りにも仮面に因んだ役割を決め、簡単な筋書きに沿って踊るようになった。遊びにも手が込んできたのである。それを、仮面をつけていることから、ディスガイジング（「変装」の意）と呼んだ。さらにいくらかのセリフも与えることによって、だんだんに演劇への傾斜を強めてゆく。そこに詩人なり劇作家なりが関与することにより、仮面劇への道を突き進むことになる。

驚いたことに、私が見ている前で踊っている人たちは、まさにそのプロセスを再現して見せてくれることになった。

私は、始めのうちは、あとから踊りに参加した人は、興に任せて自由意志で参加したのだろうと思っていたのだが、どうもそうでもないらしいということがだんだんに分かってきた。あるときは一つのカップルが真ん中に出て踊り、他はそれを取り囲むようにして踊ったり、二組のカップルが踊っているときに他は立ったまま手拍子を取ったり、という風に、あきらかに組織立って、計画的に動いているのが見て取れるようになった。観る人と踊る人が完全に合体してしまったのである。

そのうち、全員が立ち止まったかと思うと、一人の男性が大きい声で何か言った。それに応じて少し離れた位置にいる仮面の女性が甲高い声で何か言った。私には何を言ったか聞き取れなかった。しかし、これはもう、仮面劇と言ってもいいものではないか。

私は心に高揚するものを覚えた。仮面劇もというからには観客の存在を前提としているわけで、それはつまり、今、目の前で仮面舞踏会から仮面劇に移行することによって、単なる傍観者でしかなかった私も観客という必要不可欠な存在へと変化したことになるのだ。

仮面劇が完成したのは一六〇三年にエリザベス女王が亡くなってジェームズ一世が即位してからのことである。したがって、仮面劇がエリザベス朝演劇の構成要素の一つとなったとは言い難いが、両者は手を携えて発展してきたと言えなくもない。

エリザベス女王は宮廷内の娯楽に大きな費用を掛けることを惜しんだが、ジェームズ一世にはそうした経済観念はなかったようである。彼はかつてディスガイジングと呼ばれ、そのころにはマスクと呼ばれていた芝居がかった仮面舞踏会を好んだ。彼はそこに大がかりな舞台装置を導入して、たった一晩の歓楽に巨費を投じた。そのマスク、つまり仮面劇のために筋立てやセリフの面で貢献したのがベン・ジョンソンであり、舞台装置を担当したのがイニゴー・ジョーンズだった。そのころはシェイクスピアの絶頂期にあたっていたが、シェイクスピアが仮面劇を手掛けたという痕跡はない。彼は作品のなかで権力者に媚びるほど愚かなことはないということをさまざまな形で表現しているので、宮廷の娯楽に首を突っ込む気はなかったのだろう。国王に追従しながら国王に憎まれた貴族が「ああ、人間の好意なんて、なんとはかないものか。それを我々は神の恩寵以上に追い求めるのだ」(*R3* III. iv. 96) と言い、さらに突っ込んで別の貴族が「ああ、王侯の好意に縋って生きる人間の何とみじめなことか!」(*H8* III. ii. 366) と言うが、それをもっと突き放した言い方で言えば、「蜜を塗った舌には馬鹿な権力者を舐めさせるがいい。そして曲がりたくて仕方ない膝にはへつらいに利益が伴うところで曲がらせればいい」(*Ham.* III. ii. 60) ということになる。

エリザベス女王も、その次のジェームズ一世も、他のどの劇作家よりもシェイクスピアの劇を好んだことが記録に明らかだが、それでもシェイクスピア自身が宮廷に接近したという記録はない。

仮面劇では、役割を振られた王侯貴族の男女が筋書きに沿って踊り、セリフを述べて、踊り手と役者の両方を務めながら長い夜を過ごした。演奏には宮廷の楽師たちがあたった。これに参加していない貴族は見物に回った。また、富裕な商人が招待にあずかることもあった――ちょうど今の私のように（？）。

宮廷で行われている仮面劇については一般市民は噂に聞くだけだったが、仮面劇への好奇心とあこがれは相当に強いものだったようで、シェイクスピアも、一般市民を第一に考える立場から、自分の作品に仮面劇的な要素を導入することによってその期待に応えている。

たとえば『シムベリン』ではジュピターが、『ペリクリーズ』ではディアナ女神が、主要人物の夢枕に立ち、込み入った物語の解決策を授けるという設定になっている。どちらもシェイクスピア晩年の作品で、宮廷では仮面劇が盛んに演じられていた時期だった。またこのときにはすでにシェイクスピアが所属する国王一座（元の宮内大臣一座）が室内劇場のブラックフライアーズ座での公演を始めており、仮面劇的な大がかりな仕掛けを凝らすには好都合だったのである。

それ以前のものも含めてシェイクスピアは仮面劇的要素をかなりたくさんの劇に取り入れたが、たとえ完成された形でなくても、純粋に仮面劇と言えるのは、シェイクスピア最後の作品と言われる『あらし』のなかのものだけである。

ここでは、魔術を修得することによって超能力を得たプロスペローが、娘のミランダとナポリ王の王子との婚約を祝うために、妖精たちを呼び出して仮面劇を演じさせる。妖精たちはそれぞれローマ神話の神々に扮して、神々同士の葛藤も交えながら、またそこに川のニンフや農夫なども絡めながら、若い二人の婚約を祝す内容の劇を演じる。王族の結婚を祝うためのものであること、神話の神々が主な役割を担っていること、それなりにサスペンスがあること、踊りがあることなどから、典型的な仮面劇と言える。

しかし私がたまたま入り込んだ妄想の世界は一六〇〇年にさしかかったあたりのロンドンなので、まだ仮面劇がそこまで成熟する前の段階と推察される。

38　妄想の終わり

いきなり伴奏なしで四人の合唱が始まった。女性一人に男性三人。女性がソプラノであることは言うまでもないが、男性のうちの一人が裏声でアルトを受け持っている。歌っているのは、歌詞は私に聞き取れないが、中世からルネッサンスにかけての音楽の主流だったマドリガルである。マドリガルは各パートがそれぞれ独自のメロディーを歌ってハーモニーを作るというもので、やや古い音楽という印象は否めなかったが、エリザベス朝でもまだ愛好されていた。その、やや古いという印象が、なんと心を和ませるものか。「小川のせせらぎに合わせて、小鳥たちが美しい声でマドリガルを歌っている」(*Wiv.* III. i. 16)とは、まさにマドリガルの特徴を言い当てたものだ。

それからセリフのやりとりが始まった。私の聞き取れた範囲内で言えば、どうやらそれはエリザベス女王の長い治世を寿ぐためにジュピターを始めとする四人の神々が地上に降り立ってエリザベス女王に面会を求める、という内容のようだった。しかし女王が政務に忙しくてなかなか出てこられない、それで神々がどうしたものか相談していると、奥から女官たちが出てきて(それは女子会の四人だった!)時間繋ぎに神々と踊り始める、と発展していった。

しばらくして、ジュピターを演じているのがこのエールハウスの店主だということに気づいた。仮面をかぶっていたがその体つきからして間違いなかった。ジュピターにしてはちょっと太りすぎという感がなくもなかったが、まあ、貫禄という点では申し分ない。それにしても、店主がジュピターをやるというのは、ちょっと図々しいんじゃないの?

そしてついにエリザベス女王の登場となる。そのときにすべての楽器がフォルテで彼女を迎えた。

彼女が孔雀の広げた羽のような形の白いひだえりを首につけ、腰回りを前と両横にひときわ大きく張り出させたファージンゲールと呼ばれるスカートをはいていることから、それが女王だということがすぐに分かった。ヒリアード他の画家の描いた肖像画では彼女は大体この格好をしている。フォールスタフがフォード夫人を口説くときに「あなただったら完璧な宮廷婦人になれるでしょうな。半円形に張り出したファージンゲールをはいて、さぞしっかりした足取りでお歩きになるでしょう」（*Wiv.* III. iii. 55）と言うように、このファッションは上流婦人に特徴的なものだった。だから、本当は女官たち、つまり女子会の四人もこれをはいていていいのだ。しかし、時間や予算の関係でそれが適わなかったのだろう。

エールハウスの客のあいだから「妖精の女王だ、妖精の女王だ」という囁きが聞こえた。そのころ出版されたエドマンド・スペンサーの叙事詩『妖精の女王』を念頭に置いたものだろうが、エリザベス女王を妖精の女王とすることで神話の神々と対等だと言おうとしたものか。

女王は仮面をかぶっていなかった。女王の印象からはちょっと距離のある人だったが、軽くステップを踏む動きから、踊りが格段にうまいことが察せられた。踊りがうまければ後は問題にならないのだろう。

やがて、女王はジュピターと抱き合うようにして踊り始めた。すると、他の人たちは踊りをやめて、二人を取り囲んで、歌ったり、手を叩いたりしながら見守った。

『ウィンザーの陽気な女房たち』の最後の場面では、フォールスタフが妖精の女王に扮した召使の女にさんざんになぶりものにされるのだが、今、目の前で大柄な店主と庶民的な女王が踊っているのを見ると、私の目には、フォールスタフが妖精の女王と和解して踊っているように見えた。それは少し違うんじゃないの、と私は考えた。

そこに「事件」が起きた。

遅れて一人の女神がやってきたのだが、神々の囁き交わす声から、それがジュピターの妻のジューノウであることが知れた。ジューノウは嫉妬深いことで有名だった。彼女は夫が自分の知らない女性と踊っているのを見て、仮面をつけているので表情は分からなかったが、さも憤った素振りを見せてから、いきなり踊っている二人に近寄って、両手で二人を引き離そうとした。

音楽がけたたましい騒音を奏でた。なぜかウェイターが誰よりも張り切って太鼓笛の太鼓を叩きまくった。

慌てたのは女官たちである。彼女たちはジューノウに飛びつくようにして彼女の両腕を掴み、彼女の耳元で何か叫んだ。音楽の音で聞き取れなかったが、多分、ジュピターの踊っている相手がエリザベス女王であることを告げたのだろう。

ジューノウは茫然とその場に立ち尽くしたが、すぐに体の緊張を解いて、両手を広げて女王に謝罪の意を表した。

ジューノウはそこで仮面を外した。

何と、それは店主の妻だった。「嫉妬深い妻」は彼女の当たり役だったのだ。

妻を見習うかのように、ジュピターも仮面を外した。やはり、それは店主だった。

役者たち全員から、そしてエールハウスの客たちから、歓声が上がった。

女王はジューノウと手を繋いだまま、神々へ謝辞を述べた。ひとしきり厳かな音楽が鳴り響き、そしてもう一度ジーグによる全員の歌と踊りがあって、幕となった——そこに幕はなかったけれど。

役者たち及び楽師たちがドアから外に出て行って、店内はまた元の酔客たちの賑わいに戻った。

しかし、この賑わいには、いくらかの倦怠感も感じられる。祭りの余韻はいつも寂しい。

店長とその妻と、それからウェイターとが戻ってきた。店長が他の二人の肩を抱くようにしている。やはりウェイターは息子のようだ。三人の様子には疲労感が滲み出ている。一仕事終えたということなのだろう。しかし酒場をここで閉めるわけにはいかない、これからが酒場としての正念場なのだろうから。店長は厨房に入り、店長の妻はカウンターの前に立って店内を眺めわたしている。ウェイターは太鼓笛を奥にしまってからすぐに出てきて、注文を待ち構えている。

もう議論の声も聞こえてこない。

私の頭も疲れてきた。この妄想もそろそろ幕となりそうだ。

ところで、今、何時ごろだろうか?

完

あとがき

本書は次の講演を出発点とし、その延長線上にあるものとして書かれた。

「シェイクスピアと神保町の接点　――提案！シェイクスピア酒場――」明治大学リバティアカデミー、二〇一六年一〇月二九日

さらに次の四つの講演に部分的に依拠している。

「シェイクスピアと海」東京商船大学、一九九六年

「シェイクスピア――読む楽しみ、見る楽しみ――」共立女子大学・短期大学公開講座、一九九八年

「シェイクスピアにおける〝古典〟の意味」共立女子大学・短期大学公開講座、二〇〇九年

「シェイクスピアと顔」第一九回日本顔学会大会（於昭和大学）、二〇一四年

これらの講演の機会を与えられた諸機関に感謝の意を表したい。

本書はもともとはこれらの講演を念頭に置きながら「一般読者のためのシェイクスピア案内」といったものにする予定だった。しかし書き始めてすぐに、専ら自分のために書いていることに気づいた。他人のための妄想などありえないのである。

それでもなお、本書を読まれた方がシェイクスピアにいささかでも興味を抱かれることがあれば、これに過ぎる喜びはない。

二〇二三年七月

入江和生

Lr.　『リア王』（*King Lear*）
Mac.　『マクベス』（*Macbeth*）
Meas.　『尺には尺を』（*Measure for Measure*）
Merch.　『ヴェニスの商人』（*The Merchant of Venice*）
MND　『夏の夜の夢』（*A Midsummer Night's Dream*）
Oth.　『オセロー』（*Othello*）
Per.　『ペリクリーズ』（*Pericles*）
R2　『リチャード二世』（*Richard II*）
R3　『リチャード三世』（*Richard III*）
Rom.　『ロミオとジュリエット』（*Romeo and Juliet*）
Shr.　『じゃじゃ馬馴らし』（*The Taming of the Shrew*）
Tim.　『アテネのタイモン』（*Timon of Athens*）
Tit.　『タイタス・アンドロニカス』（*Titus Andronicus*）
Tp.　『あらし』（*The Tempest*）
Troil.　『トロイラスとクレシダ』（*Troilus and Cressida*）
Tw.　『十二夜』（*Twelfth Night*）
Wint.　『冬物語』（*The Winter's Tale*）
Wiv.　『ウィンザーの陽気な女房たち』（*The Merry Wives of Windsor*）

シェイクスピア劇略号表

Ado　『から騒ぎ』（*Much Ado about Nothing*）
All's　『終りよければすべてよし』（*All's Well That Ends Well*）
Ant.　『アントニーとクレオパトラ』（*Antony and Cleopatra*）
AYL　『お気に召すまま』（*As You Like It*）
Caes.　『ジュリアス・シーザー』（*Julius Caesar*）
Cor.　『コリオレーナス』（*Coriolanus*）
Cym.　『シムベリン』（*Cymbeline*）
Err.　『間違いの喜劇』（*The Comedy of Errors*）
Gent.　『ヴェローナの二紳士』（*The Two Gentlemen of Verona*）
1H4　『ヘンリー四世・第一部』（*The First Part of Henry IV*）
2H4　『ヘンリー四世・第二部』（*The Second Part of Henry IV*）
H5　『ヘンリー五世』（*Henry V*）
1H6　『ヘンリー六世・第一部』（*The First Part of Henry VI*）
2H6　『ヘンリー六世・第二部』（*The Second Part of Henry VI*）
3H6　『ヘンリー六世・第三部』（*The Third Part of Henry VI*）
H8　『ヘンリー八世』（*Henry VIII*）
Ham.　『ハムレット』（*Hamlet*）
John　『ジョン王』（*King John*）
LLL　『恋の骨折り損』（*Love's Labour's Lost*）

【著者】

入江和生

（いりえ　かずお）

東京外国語大学英米語学科卒。同大学大学院修士課程修了。
共立女子大学教授、同大学学長を経て、同大学名誉教授。

著書

『シェイクスピア史劇』（1984 年、研究社出版）
『共同研究 シェイクスピアの受容』（共著、1989 年、共立女子大学文學藝術研究所）
『ギリシア神話と英米文化』（共著、1991 年、大修館書店）
『シェイクスピアの歴史劇』（共著 、1994 年、研究社出版）
『イギリス学への招待』（共著、1999 年、 明現社）他

訳書

エドワード・ダウデン『悲劇論』（1979 年、荒竹出版）
マイケル・グラント／ジョン・ヘイゼル『ギリシア・ローマ神話事典』
（共訳、1988 年、大修館書店）
トマス・キャンピオン『英詩韻律論／四声部対位法論』
（2021 http://www.ceres.dti.ne.jp/~ksirie/campion/）

妄想《もうそう》シェイクスピア酒場《さかば》

2023年9月25日　第1刷発行

【著者】
入江和生

発行者：高梨 治

発行所：株式会社**小鳥遊書房**《たかなし》
〒102-0071　東京都千代田区富士見1-7-6-5F
電話 03-6265-4910（代表）／FAX　03-6265-4902
https://www.tkns-shobou.co.jp
info@tkns-shobou.co.jp

装幀／鳴田小夜子（KOGUMA OFFICE）
印刷／モリモト印刷株式会社
製本／株式会社村上製本所
ISBN978-4-86780-026-3　C0098